U0331166

经典照亮前程

七叶树文化出品

黑塞抒情诗选

[德] 赫尔曼·黑塞　著　钱春绮　译

华东师范大学出版社

赫尔曼·黑塞———作者

赫尔曼·黑塞（Hermann Hesse，1877—1962），德国杰出的作家、诗人。生于德国，因反战与持不同政见，移居瑞士，1923 年加入瑞士籍。一生文学创作颇丰，涉及小说、散文、诗歌、评论等，获得各种文学荣誉，1946 年获诺贝尔文学奖。他的创作生涯始于诗歌又终于诗歌，作品追寻"灵魂的故乡和青春"、"一切信仰和一切虔诚善行的共通之处"，以独特的内省魅力复兴了德国古典浪漫派诗歌的传统，被誉为"德国浪漫派最后一位骑士"。1962 年在瑞士家中去世，而灵魂的纯真歌咏却飞越世纪和国界，登响空谷、绵绵不绝。

钱春绮——译者

钱春绮（1921—2010），著名翻译家、诗人，祖籍江苏泰州。自幼在上海求学，1946 年毕业于上海东南医学院，后长期行医。因喜爱诗歌，1960 年弃医从文。先后翻译出版了《歌德诗集》、《浮士德》、《席勒诗选》、《尼采诗选》等 50 余种外国文学作品，在海内外享有很高声誉，被誉为"中国译介德国诗歌之巨擘"；曾荣获中国作家协会颁发的鲁迅文学奖、1995—1996 年全国优秀文学翻译彩虹奖荣誉奖，2001 年被中国翻译工作者协会授予"资深翻译家"荣誉称号。

《黑塞抒情诗选》是我国著名德语诗歌翻译家钱春绮先生的译作。上世纪八十年代，钱先生根据德国祖尔康普出版社1970年版的《黑塞选集》（12卷本）的第1卷和1957年出版的《黑塞诗集》单行本翻译了这部诗集，共选译了213首诗歌，并按照作者生活的年代作了相应的分辑。其中1919年至1928年的诗由钱守平协助翻译，1929年至1941年的诗由钱守衡协助翻译，最后由钱春绮先生统一作了润校。

钱春绮先生可谓国内译介黑塞诗歌的第一人。早在学生时代，钱先生第一次读到黑塞的作品，就对其情有独钟；然而，直到上世纪五十年代末，才有机会翻译黑塞的一些诗作，这些译诗（10首）被收录在1960年上海文艺出版社出版的《德国诗选》中（1982年上海译文出版社修订重版）。到了上世纪八十年代末，钱先生的夙愿终于得以实现：由他翻译的《黑塞抒情诗选》在百花文艺出版社出版问世。

如今，本诗集的作者和译者均已辞世，我们重新出版这部经典译作，愿与读者共享岁月中的灿烂光华！

赫尔曼·黑塞（1877—1962）是二十世纪前半叶著名的德语作家（原为德国人，后入瑞士籍），曾获得1946年诺贝尔文学奖金。

早在抗日战争以前，他的小说《青春是美丽的》就被译成汉语，收入商务版汉译世界文学名著丛书。但在抗战期间和解放以后一段相当长的时间内，尽管国外其他国家常有"黑塞热"出现，他的作品被译成40多种外文本，而在我国却很少看到介绍，直至"四人帮"垮台以后，黑塞才逐渐为我国读者所熟悉。他的小说陆续被翻译过来，如《悉达多》、《克林格佐尔的最后的夏天》、《纳尔齐斯与歌尔德蒙》都有了汉译，他的《彼德·卡门青特》、《轮下》和《荒原狼》还出了两种译本，他的《玻璃珠游戏》也早已在台湾出了汉译本，收入《诺贝尔文学奖全集》，看来，"黑塞热"也已在我国出现。

黑塞在我国以小说家知名，但是，他不仅是一位杰出的小说家，而且也是杰出的抒情诗人。他在一篇自传散文中说过这样的话："我从13岁开始就明白这一点：要么当个诗人，否则什么也不想当"。因此，黑塞在他的一生中，从青年时代直到晚年都没有停止过写诗。

黑塞的诗有很多充满了浪漫气息，从他的最初诗集《浪漫之歌》的书名，就可以看出他深受德国浪漫主义诗人的影响，以致后来被人称为"德国浪漫派最后的一个骑士"。

　　黑塞深受歌德的影响，自不待言（他后来写过《对歌德的感谢》一文），但他的个性似乎更接近浪漫派诗人。他早年曾耽读过布伦坦诺、艾兴多尔夫、蒂克、施莱尔马赫、施莱格尔，并且特别迷恋诺瓦利斯。荷尔德林也是黑塞爱读的诗人，他曾写过一首《荷尔德林颂歌》。

　　孤独、彷徨、感伤、怀乡、哀叹失去的青春，对童年时代的回忆，梦幻、黑夜、死亡，这些常常出现在浪漫主义诗人诗中的主题，也多见于黑塞的诗中。浪漫主义诗人爱歌颂大自然，黑塞也是如此，他也写了不少歌咏自然景色的田园诗。浪漫主义诗人爱向民歌学习，黑塞的诗也有很多具有民歌色彩。浪漫主义诗人常发思古之幽情，怀念中世纪，而黑塞则常把古代希腊、埃及、东方的印度和中国作为他怀古伤今的寄托。

　　黑塞的诗不仅常用浪漫主义的手法，而且有时也用印象主义和象征主义的手法。黑塞爱读法国象征派诗人魏尔仑的诗，并且译过他那首名诗《我常做的梦》，但是在应用这种手法时，他并不是机械地模仿，却还保持他自己的独特风格。

　　黑塞的抒情诗富于音乐节奏，这跟他对音乐的爱好是分不开的。早在童年时代，他的父母就给他买了一把提琴，后来他经常携带在身边。他的第一个妻子就是一位钢琴家。他还结交了好些搞音乐的朋友。他爱好音乐，爱巴赫，爱莫扎特，尤其是喜爱肖邦，他说肖邦对于他就像瓦格纳对于尼采一样。因此，他的生活弥漫着强烈的音乐气氛，音乐使他陶醉。在他的诗集中，我们读到有不少篇章都是以音乐为吟咏主题的诗歌。他有一部诗集就题名《孤独者的音乐》。

黑塞不仅喜爱音乐，也喜爱绘画，而且是一位水彩画家。他有许多画家朋友。他出过一部附有他所作的彩色画的诗集，题名《画家的诗》。他的小说《克林格佐尔的最后的夏天》和《罗斯哈尔德》都是以画家为主人公的。这种对绘画的喜爱，当然会反映在他诗中，因此，有时他的诗就充满画意，他的诗笔同时也是画笔。有人说他善于把诗情和画意结合起来，做到诗中有画，画中有诗。哦，黑塞倒真可以和我国唐代诗人王维媲美了。

黑塞是一个漂泊的诗人，因此他的诗集中有不少记行诗。他曾两次去过意大利，他在德国南部和瑞士各地旅行，而且到过亚洲的锡兰、新加坡、苏门答腊。人说他喜爱旅行，不过，他的旅行，不同于我们今天所盛行的旅游，他进入苏门答腊的原始森林，并不单单是为了游山玩水，探险猎奇，而是由于他厌恶资本主义社会的现代文明，于是想到另一些陌生的地方，去寻觅他的理想的境界，用现代时髦话说，就是出于一种"寻根"的心理。可是结果，他并没有寻到他要追寻的东西，只得仍旧绝望地回到他的隐遁的洞天里寻求他的内心世界，过他的隐士生活。

在黑塞的诗中常常出现"故乡"、"母亲"的用语，他经常回忆他的故乡和母亲，他在睡梦中也经常"梦魂常绕故园飞"，看到他的故乡和母亲的影子。怎么？难道他故国难回？无家可归？难道他像我国京剧《苏武牧羊》中的李陵不得不在异国登上望乡台唱那"登层台，望家乡……"的凄凉哀婉的悲歌？难道他不能回到他的故乡卡尔坞去归省？难道他一回乡就会被德国的专政机关抓起来送去劳改？难道他是一个事母至孝的孝子？难道他也熟读过我国《诗经·蓼莪》篇中"哀哀父母，生我劬劳"的诗句？不！他的这些用语，既是现实性的，又是象征性的。他寻求故乡，乃是寻求他的心灵的故乡，寻求他的理想境域，寻求他的归宿。他怀念母亲，寻觅母亲，并不单单是孝子寻亲，渴望他的母亲从冥府中再回到阳世间来，而是另有一种"寻根"的象征意义。他诗中的"母亲"、"永恒的母亲"，有人说是"道"，庶乎近焉，老子《道德经》中称"道""先天地生"，"为天下母"，同时又令人想到歌德《浮士德》中的"母亲场"和歌德所说的"永恒的女性"。

黑塞是一位孤独的诗人，如前所述，他有一部诗集即以《孤独者的音乐》命名，他写过一首广为人爱读的诗《雾中》，其中有这样的句子："没一个人了解别人，人人都很孤独"；他的诗中又常常出现"无常"这个字眼，显示出他也是一个悲观者。这就令人想起尼采。是的，黑塞爱读尼采的作品，尼采对黑塞是颇有影响的。然而，他们两人虽都是出身于牧师的家庭，在对待基督教，对待上帝这个问题上，却是截然不同的。尼采说："上帝死掉了"，黑塞在《在烦恼之中》诗中说："唉，上帝死掉了！我还该活在世上？"由此可见，尼采反对基督教，反对上帝，而黑塞并不背叛他的基督徒家庭，他对上帝仍保持虔诚的信仰，但这种信仰，跟世俗人的宗教信仰又有所不同，他在

《耶稣和穷人》诗中说："基督兄弟……我们……不求你什么……我们只爱你，因为你是我们当中的一个"，也就是说：耶稣到世间是来受苦受难的，所以诗人把他当作患难弟兄来讴歌。在诗人心目中，基督乃是受苦受难者的同路人。

黑塞似乎是一位隐逸诗人，他总是想逃避现实。他早年就在博登湖畔的渔村加恩贺芬度过几年隐居的生活，后来，他在瑞士的一个山村蒙塔纽拉隐居时，在门口挂着一块牌子，上面写着"谢绝来访"，这说明他真有点想实行老子的遗教，跟世人"老死不相往来"。然而，现实真能逃避得了吗？黑塞经历了两次世界大战，瑞士虽然是中立国家，他又怎能不受到战争冲击波的干扰？纳德勒写过一本黑塞评传，书名题作《赫尔曼·黑塞：爱自然，爱人类，爱上帝》。是的，黑塞并不是一个真正逃避现实的独善其身的隐士，正像我国的陶渊明写《桃花源记》揭露"秦时之乱"，写《咏荆轲》表达他的反对暴政之心，黑塞也会跳出他的隐居的小天地。他有一颗热爱人类的心，他不忍人类受战争之苦，因此他总是参加反对战争、反对法西斯的行列，为捍卫和平努力作出他自己的贡献。我们评价他时，应当强调他是一位热爱和平、反对战争的人道主义作家。这种痛恨战争、渴望和平的主题，在他的抒情诗中，经常反复出现，这是值得我们注意的。

最后，要说一说，黑塞乃是中国人民的朋友，他虽然没有来过我国，却读过我国许多古书的德译本。他非常仰慕中国文化，特别崇拜孔子、老子、庄子。老庄哲学对他的创作有明显的影响。他读过德国作家汉斯·贝特格所译的中国诗选《中国之笛》(这本书用单面印刷、折成双页,仿我国线装书装订,过去我收藏过,文化浩劫中遭劫了),特别推崇李白。黑塞的诗,短诗较多,以每首三节、每节四行者最多见,还有不少更短的精品,恐怕多少受到我国诗的影响吧。

黑塞把儒、释、道家的哲学和基督教思想糅合在一起,反映在他的作品里,因此,他的作品对东方人也特别具有吸引力。在我们的邻国日本,黑塞的著作有多种日译本,他的抒情诗也深为日本读者所喜爱。相信我国的读者对这本译诗集也会感到兴趣的。

目录

1903 年至 1910 年

1911 年至 1918 年

赠友人诗集 | 1942 年

从那神话般的青年时代，
曾经使我感动、欣喜的一切，
在沉思、梦想、祈祷、追求、悲叹
各方面的那些无常的逝者，
那各式各样散失掉的一切，
你又在这些书页之中寻获。
它们是否受欢迎或无益于人，
我们不必过分认真地询问——
亲切地收下吧，这些往昔的诗歌！
我们，老了的我们，可以允许
在过去之中流连而获得安慰，
在这几千行诗句后面隐藏着
灿烂的生活，当时也非常珍贵。
尽管有人会责问，说我们致力于
这种雕虫小技，但我们觉得
我们的负担却是轻松得多，
较之那些在昨夜飞去的飞行员，
较之那些可怜的浴血的军旅，
较之世上的统治者和大人物。

1895 年至 1898 年

（十八岁至二十一岁）

肖邦

1

再把你的摇篮之歌
无选择地向我洒下来，
那些苍白的大百合，
你的圆舞曲的红玫瑰。

还把你那在枯萎之时
放散清香的爱的气息
和你的骄傲——袅娜摇曳的
皱叶剪秋罗夹在里面。

2

华丽的圆舞曲

一间烛火通明的沙龙，
马刺的声响，绶带的金光。
我的血管里有血流之声。
少女啊，把高脚酒杯给我！

跳舞吧！华尔兹舞狂跳着；
被葡萄酒烧旺的我的激情
渴望一切还未尝过的快乐——

我的马在窗子外面嘶鸣。

在窗子外面夜色笼罩住
黑暗的原野。风把远方
大炮的轰隆之声送来。
再等一小时前去战斗！
——跳快点，恋人；韶光如驶，
灯心草在风中摇来摇去，
明夜它就是我的卧床——

也许是我的灵床。——好哇，音乐！
我滚烫的眼睛焦渴地痛饮
年轻的、美丽的、鲜红的生命，
它的光使我永不会喝厌。
再跳一次舞！多快！烛光、
音响、乐趣消逝了；月光
凄然编着死亡与恐怖的花环。
——好哇，音乐！跳舞跳得屋子震动，
挂在柱上的我的剑兴奋得铿锵作响。——

我的马在窗子外面嘶鸣。

3

摇篮曲

给我唱你可爱的摇篮之歌！
在我的青春跟我告别之后，
我是这样爱听这种曲调。
来吧，动听的奇妙的歌声，
在整个今宵，只有你还能
迷住我的不安的心窍。

把你的素手放在我的头发上，
让我们在梦中见到故乡，
梦见消逝的幸福和荣华。
就像一颗独自移动的星斗，
你那明如火炬的童话之歌
该给我的忧伤之夜添上光华。

把蔷薇花束放在我的枕旁！
它还在发出阵阵清香，
梦绕着故乡而郁郁不安。
我也是这样憔悴而凋零，
衰弱无力，患着怀乡病，
再也不能够重返家园。

红叶山毛榉

一棵红叶山毛榉小树，
在我初恋时伴着我，
当我开始写第一首歌，
它看我写了些什么。

没有别的树像它这样
显示出春天的豪奢，
有这样多彩的夏日的梦，
却又会突然地枯萎。

一棵红叶山毛榉小树，
出现在我的全部梦中，
在我钟爱的这棵树周围，
吹着过去的五月之风。

池塘①

1

白雪盖住我的可爱的森林，

灰红色的晚霞淡淡地辉映——

一声枪响向着远方传去——

我的心儿从没有如此孤独！

只有一次！在这同一场所！

一只小船掠过池塘上面，

我的金发恋人在船上默默地

偎依在一个陌生男子的身边。

天空的颜色是那样昏暗，

映在池中的光也完全像今天——

一声枪声消逝在遥远的去处——

---

① 本诗显示出黑塞在早期诗歌中使用的印象主义手法。跟特拉克尔早期的表现手法相似。

我的心儿从没有如此孤独。

2

暗淡的灰红色的光
映在池塘上面，
发情的鹿的鸣声越过森林——
而我是孤孤单单！

我的头疲倦地
向着池水垂下，
我的乡愁在想着
一朵凋零的花。

一只天鹅在池上
掠过芦苇之旁，
伸出被剪过的
苍白的翅膀。

我的头疲倦地
向着池水垂下，
我的乡愁在想着
一朵凋零的花。

乡村的傍晚

牧人领着他的羊
走过一片沉寂的小巷，
一家家都想上床，
昏昏沉沉地进入梦乡。

在这围墙中的我，
现在是唯一的异乡人，
我的心怀着悲伤，
把憧憬的杯酒喝尽。

不管走向哪条路，
到处都看到熊熊炉火，
只是我却从没有
感觉到我的故乡和祖国。

因为我爱你

因为我爱你，所以在夜间
鲁莽地喃喃地来到你这里，
我带走了你的灵魂，
让你永不能把我忘记。

它在我手里，完全属于我，
不管是什么情况，
要摆脱我粗暴热烈的爱情，
天使也帮不了你的忙。

艾莱阿诺尔

秋天的黄昏使我想起你——
森林一片黑暗，白日消逝，
在小山边缘闪着红色的光轮，
一个孩子在附近院子里啼哭，
风在小树林中迈着迟缓的脚步，
把最后的树叶收拾干净。

于是，露出久已习以为常的忧郁眼光，
庄重的一弯新月射出半明的光，
从不知名的国土孤寂地升上中天，
它冷冷地、漠不关心地走它的路程，
它的光辉给森林、芦丛、池塘和小径
镶上抑郁的苍白色的边。

就是在冬天，当夜色昏暗朦胧，
片片的雪花和猛烈的大风
在窗外吹刮，我也像常在瞧你。
大钢琴鸣响，你那深沉的女低音，

怀着强力的微笑对我的心说个不停，

一切丽人中最残酷的你。

于是我常常把灯拿到手里，

温和的灯光照着宽大的墙壁，

你的昏暗的肖像从旧画框里窥人，

也许认出我，奇妙地笑望着我。

我却吻你的头发和你的手，

轻轻地唤着你的芳名。

青春的逃避

疲倦的夏天低下头来
看湖中的灰黄色身影。
我走在林荫路的树下，
风尘仆仆，筋疲力尽。

杨树间吹过胆怯的风，
我身后的天发出红光，
前面却是黄昏的恐怖，
——暮色沉沉——还有死亡。

我风尘仆仆，缓步前行，
青春却在我后面伫停，
踌躇地垂下美丽的头，
不愿再跟我一同前进。

黑眼睛

我的乡愁和我的爱情，
在今天这温暖的夜晚，
又恢复了温暖的生命，
像异国花香一样香甜。

我的乡愁和我的爱情，
我的一切幸福和不幸，
在你奇异的黑眼睛里，
像无言之歌一样辉映。

我的乡愁和我的爱情，
从世界和尘嚣中逃脱，
在你黑眼睛里为自己
建了一座秘密的王座。

美梦来叩我的家门

进来吧！客人！我总是如此
孤独一人，我需要你。

——是你？爱丽丝？——你好，孩子！
我们没有在一起度过
闲聊的时间已有多时！
我已过惯了孤独的生活；
看我还有没有聊天的本领——
请听！

你可记得，还记得，爱丽丝？
那时，太阳还挂在林梢，逐渐消逝，
在草地上没有人迹！
一棵梨树，又高大，又秀丽，
遮住天空，扫却我们的兴致。
只有在远处，一颗初星从山上升起。
一阵冒失的晚风偷偷地
从树篱中爬了出来，

笑着，笑着，像一个孩子。
你还记得起来？

啊，那真是蜜月时期，
到处盛开着玫瑰！
那时你多么可爱，
日日夜夜，你都前来
给我亲吻，跟我亲热，
像小偷一样向我走来
——那时你多么可爱！

如今，我的金发姑娘，请讲！
在那炎热的夏天的日子里
——我疯狂地将你寻找，
倾听多时，呼唤你——
你却往哪里去了？

现在你像以往一样坐在我身旁，
使我的心感到舒畅，
像充满了歌唱，
你瞧着我，跟我亲热非常，
像从前在梨树下那样……

这难道也是美梦一场？

春天的提契诺

水粉与水彩画/1923/31.7×23.5cm

卡斯拉诺镇

水彩画/1924/31.6×24.3cm

索雷尼奥方向的穆扎诺湖一瞥

水彩画　印度墨汁/大约 1925/12.5×14cm

卢加诺湖上的村庄

水彩画　印度墨汁/大约 1930/11.5×12.5cm

1899 年至 1902 年

（二十二岁至二十五岁）

肖像

骄矜、美丽、像谜一样，
嘴上充满嘲笑，额上傲气昂昂，
眼光充满如火的热情——
一束沉甸甸的金发
披在你的肩上。

我看到你快活、面色明朗，
看到你在夜间从闷热的床上
坐了起来，披头散发，
我见过你千百次，每次都显得
骄矜、美丽、像谜一样。

从两处谷中

在深深的谷中
敲响着一阵钟声，
当当的钟声，意味着
那里建一座新坟。

又听到一阵钟声
来自另一处谷中，
被风儿一起吹来，
吹送到我的耳中。

可是我要这样想：
欢歌和丧钟之声
倒也是非常调和，
对一位漂泊的人。

是否有别人也同时
听到这两种钟声？

春天

在昏暗的洞穴里，
我长期坠入梦乡，
梦见你的树和蓝色的风，
你的芳香和小鸟的歌唱。

现在你豁然开朗，
一片辉煌灿烂，
射出无限光芒，
像奇迹出现在我面前。

你又跟我亲近，
温柔地将我引诱，
面对着极乐的你，
我不由全身发抖。

夜曲

肖邦的降 E 大调夜曲。
高高的拱窗照着月光。
一圈光轮也飘了过来，
罩住你的严肃的面庞。

静静的银月从没有一夜
使我获得如此的感受，
我的内心里感到一曲
美妙难言的歌中之歌。

你我都沉默；默默的远景
溶在月光里。活动的生命
只有湖中的一对天鹅
和上空的星星的运行。

你走到了拱窗之前，
你伸出的十指尖尖，
还有你那细长的脖子，
都被月亮镶上银边。

日暮时的碧空①

哦，多么纯洁、奇妙的景色，
当你从紫红色和金色之中
铺展得那样宁静、严肃而雍容，
你，辉煌的日暮时的碧空！

你令人想起碧波的大海，
幸福就在那海面上抛锚
而安然休憩。从桨上落下
最后一滴的尘世的烦恼。

---

① 在本诗中，诗人的主观感情跟外界的自然现象完全融合在一起，故而有人称黑塞的
诗颇多为罕有的感觉诗。

死神在夜间走过——

死神在夜间走过一座城市。
一扇窗还在屋顶下映出红光，
那里坐着一位患病的诗人，
深夜不寐，在推敲一页诗章。

死神轻轻地戳破那扇窗子，
他熄灭了那只暗淡的挂灯。
吹口气，看一眼，闪一闪微笑，
城市和人家都变得黑暗沉沉。

越过原野……

越过天空，白云在移动，

越过原野，风儿在吹，

越过原野，流浪着

我母亲的迷途的孩子。

在街路上面落叶飞舞，

在树林上面鸟儿歌唱——

山那边的某处地方

一定有我遥远的故乡。①

———————————

① 漂泊诗人黑塞常慨叹失去故乡而陷于绝望。最后这两行诗，却表达了在绝望中尚有一线希望，但是，这也不过是瞬间的希望而已。

清晨

原野默默地沉睡，
闪着银色的光辉，
一个猎人举起弓，
森林沙沙响，飞起一只云雀。

森林沙沙响，第二只云雀
飞上天，又坠落下来。
一个猎人拾起猎物，
白天走进了世界。

桦树

诗人的藤蔓一般的梦
也不会比你分枝得更细，
比你更轻地俯首在风中，
更高贵地耸向碧天里。

温存、年轻、过度苗条，
你克制住你的惶恐，
让你那又亮又长的树枝
随着任何微风飘动。

你这样轻轻地摇晃摆舞，
这种文雅的战栗的姿态，
不由使我要把它比作
年轻时温存纯洁的爱。

黑衣骑士①

我获得一切胜利的荣名，
从比武场默默地出来。
我向看台上的淑女们
深深鞠躬。却无人理睬。

我合着竖琴的声音歌唱，
它弹奏出深沉的曲调。
琴手都在默默地聆听，
美丽的淑女却都已散掉。

我纹章的黑色分格上，
挂着不知多少花环，
闪着无数胜利的金光，
可是却缺少爱情的花环。

将来会有骑士和歌手们

---

① 本诗收入作者的小说《赫尔曼·劳歇尔》附录中作为赫尔曼·劳歇尔的遗诗。

在我棺柩旁弯下腰给它
覆上月桂和苍白的茉莉，
可是却不会覆上蔷薇花。

华丽的圆舞曲

肖邦的舞曲在大厅里喧响，
是那样狂暴，那样奔放。
窗子上照着惨淡的电光，
凋零的花环放在钢琴上。

你弹钢琴，我拉提琴，
我们演奏个无休无止，
你我都在不安地等着
谁最先打断音乐的魔力，

谁最先停止音乐的节奏，
把烛火从自己身边移去，
谁会最先把那得不到
任何解答的问题提出。

伊丽莎白①

1

在你的额上、嘴上、手上，

是华美、柔和、明朗的春季，

我在佛罗伦萨的古画上

见过的那种可爱的魅力。

你在从前早已出世过，

绝顶苗条的五月丽人，

波提契利②曾把你画成

穿着鲜花衣服的春神。

你也是那位以殷勤致意

---

① 本诗收入 1902 年出版的《诗集》。伊丽莎白是巴塞尔拉罗什牧师的女儿。黑塞经常出入于牧师家中，在那里认识了好些文艺界人士。

② 波提契利（1444—1510）是佛罗伦萨的画家。他曾从诗人波利齐亚诺的诗得到启发而画过一幅《春神》。

征服青年但丁的少女①，

你的秀足无意识地

熟悉通过天堂的道路。

2

我应该讲个明白？

在这很晚的深夜——

你要来将我折磨，

美丽的伊丽莎白？

我所要写的，

你要问的，

我的爱情的故事，

这就是今晚和你。

你不可进行干扰，

诗句会逃之夭夭。

你马上就会听到，

你听，却不能明了。

3②

就像是一朵白云，

停留在天空上面，

---

① 指但丁青年时所爱的女子贝亚德丽丝，但丁的处女诗集《新生》就是献给她的。

② 这第三首诗插入作者的小说《彼得·卡门青特》第七章中。

伊丽莎白，你也是
又白又美又遥远。

白云在移动飘游，
你对它毫不关心，
可是它在黑夜里
会飘过你的梦境。

它发出银光飘游，
要使你从今以后，
不断地想到白云，
勾起甘美的乡愁。

4

我能对你说，你对于我，
就像个美丽的妹妹一样，
就像从前在我的心中
向往的淡淡的幸福一样？

我可以说，我们两人
就像来自远方的朋友，①
黑夜一开始，我们都会
忍受同样的可怕的乡愁？

_____

① 黑塞总是把自己看作是世间的过客，一个漂泊者，一个流浪者，这种主题反复出现，他的朋友胡果·巴尔（《黑塞传》的作者）称之为同一主题的各种不同的变奏曲。

我常做的梦①

我又梦见那位陌生的女子，

她已常常出现在我的梦里。

我们相爱，她用妙手来抚弄

飘在我额头上的乱发蓬松。

她理解我的谜一般的本性，

她能看出我的黑暗的内心。

你问我：她是棕发？我不知详，

可是她的脸却像童话一样。

我不知她叫什么，但那芳名

就像远处所唱的那样好听——

---

① 根据法国象征派大师魏尔仑的同名诗改作。魏尔仑原诗为传统的十四行诗体。黑塞
的改译，虽仍保留原来的行数，却改为两行一节的诗体。

就像你称呼心上人的名字，
而你知道她已远离而消逝。

她的音调是那样深暗低沉，
像我们死去的情人的声音。

非难

夜幕沉降了，
宴会已散场，
园中的火炬
还闪着红光。

你微微点头，
向我说晚安——
在今天晚上
你笑得没完！

在今天晚上，
你的话真多，
该说的诺言
却一句没说。

在北方

要我说，我梦见了什么？
在静静的向阳之处，
小山旁有阴暗的树林，
黄色的岩石，白色的别墅。

谷中有着一座城市，
像大理石一样白色的
教堂向我闪闪发光，
佛罗伦萨是它的名字。

那里有一座古老的花园，
四周都是狭小的街路，
我留在那座园中的幸福，
一定还在等着我回去。

黑林山①

美丽无比的一带丘陵，

暗暗的群山，明媚的草地，

红红的岩石，棕色的峡谷，

全都笼罩着枞树的影子。

当塔楼上的虔诚的钟声

跟吹过枞树上的风声

融合在一起在上空飘过，

我会很久很久地倾听。

于是，像夜间在火炉边

阅读的传说，往昔的回忆

涌上我心头，我想起当初

住在这边家里的日子。

────────────

①　德国西南部山区。这里森林连绵不断，高大的松、杉遮天蔽日，故得此名。为著名的旅游疗养胜地。黑塞的故乡卡尔坞即在该区北部。

那时，在我童稚的眼中，
辉煌的远方显得比现在
更高贵、更柔和，覆着枞林的
群山也显得更幸福、更多彩。

圣·斯特凡教堂的十字形回廊 ｜ 威尼斯

灰白、发黄、古老的四角方墙，
波尔德诺内①留下亲笔的画像。

画面被时间侵蚀。只见四下里
淡淡的轮廓，依稀看得出褪色的

壁画的遗迹：一只手臂，一只脚——
过去的美发出幽灵似的问好。

一个还有眼睛的孩子笑得很开心，
这使参观者觉得莫名其妙地伤心。

_____

① 波尔德诺内（1483—1539）为意大利画家。他给威尼斯圣·斯特凡教堂的十字形回廊所画的壁画大部分已剥落模糊。

拉文纳①

1

我也去过拉文纳，
是个死气沉沉的小城市，
它有许多教堂和废墟，
记载在各种书本里。

你穿过城市，环顾四周，
街道是那样阴暗潮湿，
默默地度过上千年时光，
到处长满青草和地衣。

它就像那些古老的歌——
听到它，谁也笑不出来，
大家听着，听了以后，

---

① 拉文纳为意大利北部城市。五世纪时为东哥特王国都城。六至八世纪为东罗马帝国统治意大利的中心。以保有古罗马特别是东罗马帝国时期的建筑遗迹著称。但丁之墓亦在该市。

不由要沉思默想到深夜。

2

拉文纳的妇女有着
深邃的眼光，柔媚的清姿，
还拥有对于那座古城
及其节日的往昔的知识。

拉文纳的妇女哭起来
像个乖孩子：又轻又低，
笑起来像给悲凉的歌词
配上一种明朗的调子。

拉文纳的妇女祈祷时
就像孩子：满足而温存。
她们会谈情说爱，可自己
却不知道是在骗人。

拉文纳的妇女接吻时
奇妙而强烈，一心一意。
她们对人生什么也不懂，
只知道我们全都要死。①

----

① 本诗曾由黑塞的友人谢克谱曲。

流浪者的宿处

这是多么异样而奇妙，
轻声的泉水，每天夜里，
在槭树的凉荫之下，
总是继续不停地流逝，

月光停在山墙上面，
总是像一阵香气在飘动，
一朵朵浮云总是飞过
又凉又暗的太空之中！

这一切永远常住不变，
而我们只是休息一晚，
又继续走向海角天涯，
没有人再将我们思念。

随后，也许经过好多年，
我们又会梦见这清泉、
门和山墙，像过去一样，

而且还会久久不变。

像照来一种怀乡的光辉，
异乡人把这陌生的屋子
只当作曾经小休之处，
不再知道这市镇和名字。

这是多么异样而奇妙，
轻声的泉水，每天夜里，
在槭树的凉荫之下，
总是继续不停地流逝！

圣·克莱门特寺院的柏树

我们在风前弯下火热的纤纤的树梢，
我们瞧那些园子，充满嬉戏与欢笑，
充满许多妇女。我们瞧那些园子，
那儿，人们生下来，又被埋进了土里。

我们看那些寺院，多年前何等兴盛，
供满了各种神像，挤满了祈祷的人。
可是，群神都死了，那些寺院已空空，
只有折断的柱子倒卧在草丛之中。

我们望那些山谷，望银白色的远处，
人们都高高兴兴，又变得疲倦痛苦，
骑士们策马驰驱，僧侣们念经祷告，
父子兄弟们一个把一个相继埋掉。

可是一到了夜间，狂暴的大风吹来，
我们就感到发愁，不安地弯下身来，
焦虑地撑住树根，静静地耐心等候，
看死亡是否临头，或者是过而不留。

给我的恋人 ①

1

把你的沉重的头

靠在我肩上，默默地

尝尝我的每一滴

悲喜的无力的眼泪。

总有那么一天，

你将非常焦渴地、

闷闷地徒然憧憬

我的这些眼泪。

2

把手放在我的

头发上；我的头昏昏沉沉，

你已劫夺去

---

① 本诗和次首《哲学》均作为"赫尔曼·劳歇尔的遗诗"收入小说《赫尔曼·劳歇尔》中。

我往日的青春。

这些都一去不复返了，
青春的光华，欢乐之泉，
那仿佛汲取不尽的金色之泉，
剩下的只有愤慨和哀怨，
每夜，每夜，无止无终，
爱情的旧欢流转循环，
就像发狂和发烧一般，
撞伤我的清醒的梦。

只有在难得休息的时间，
我的青春会偶尔来访，
像个羞怯、苍白的过客，
悲叹着，使我心中忧伤……

把手放在我的
头发上；我的头昏昏沉沉，
你已劫夺去
我往日的青春。

哲学

从无意识到意识，
从那儿通过许多途径回到
我们无意识地知道的事物，
又从那儿被无情地
推向怀疑，推向哲学，
我们就到达冷嘲的
第一阶段。

然后通过刻苦的观察，
通过各式各样明晰的镜子，
冷酷的、轻视世界之深渊
就以残忍的坚强的力量
接受我们，使我们的精神僵化错乱。
而这深渊又贤明地引导我们
通过认识的狭缝
回到自我轻蔑的
又苦又甜的老年的幸福。

这是我的烦恼

这是我的烦恼，我竟学会
戴上太多的彩色面具，
太精彩地表演、太高明地
欺骗自己和别人。任何轻微的兴奋，
任何歌曲的感动，其中若不含有
表演和意图，就不会使我的心中激动。

这不能不称为我的悲哀：
对自己一直看透到内心，
每次脉搏都能预先知道，
竟使任何梦的无意识的警告，
任何喜悦与苦恼的预感，
都不再能触动我的灵魂。

陌生的城市①

多么奇妙地令人忧伤：
走过一个陌生的城市，
它沉睡在寂静的夜里，
月光照在家家屋顶上。

在塔楼和山墙的上空，
奔驰的云奇异地飘动，
沉静而强劲，像个幽灵，
无家而要把家乡找寻。

你啊，突然间无限心伤，
死死盯住可悲的魔术，
放下你的手里的行囊，
久久不停地哀伤痛哭。

---

① 本诗曾由黑塞的友人谢克谱曲。诗中充满浪漫的情调，可以看到艾兴多尔夫（德国浪漫派诗人）的影响。后者曾写过许多出门旅行的诗。

比喻

我的爱情是一只静静的船，
划着仿佛幻梦一样的船桨，
驶向汹涌澎湃的黑暗的巨浪。

我的爱情是突然闪烁的光，
穿过漆黑的沉闷的夜色，
仿佛闪电一样不幸地烧光。

我的爱情是个生病的孩子，
在夜间躺在床上左思右想，
死神就站在他的病床之旁。

还乡

如今我作客他乡，
已经度过许多年，
心中沉重的旧伤，
还没有完全复原。

为寻求灵魂的安静，
我曾在各处乱跑，
如今我稍稍安静，
却又要再寻烦恼。

来吧，尝惯的烦恼，
我已经倦于寻欢。
让我们胸膛对胸膛，
重新来较量一番。

冒险者

我的心疲倦，我的心悲哀；

我憧憬着大海。

我憧憬着紫色的

傍晚时分的红光，

像燃烧似地铺在

意大利南方海峡的波浪上。

我憧憬着泻湖的

夜晚的蓝色的星空，

那些运河的衰败的壮观，

威尼斯的美丽的女郎，

意大利的船夫的歌唱，

乘着摇晃的船只大胆地

暗暗航行在暴风欲来的海上，

怒涛发出的刺耳的声响。

城市的空气粗暴而不安地

郁积在我的四周——哦，有多少时光，

多少岁月，我在此埋怨

没有芳香、色彩和音响！

这些年来，时间在流逝——
冒险的多彩的世界，
像远处瞭望台上的火，
总是灼灼地向我照来，
可是永不复返了，尽在
忧伤、幻梦和黑暗中沉埋……

我的心疲倦，我的心悲哀；
我怀着乡愁想念大海。

深夜的街上

路灯透过夜色映在
潮湿的石子路上——
只有苦难和罪恶没有入睡，
在这夜深的时光。

向你们问好，没有入睡的人，
躺在困苦和忧伤中的人，
你们，在喧嚷和大笑的人，
你们，我的一切同胞们。

梦

我老做着这同样的梦：
一棵栗树，满树花红，
一座开满夏花的园子，
园前孤零零一座老房子。

就傍着那宁静的花园，
我母亲摇过我的摇篮；
也许——时间实在太久了——
花园、房子和树都没有了。

也许已变成草地小径，
犁和耙在它上面耕耘，
而故乡、花园、树和房子，
只剩下我的梦中的影子。

他爱在黑暗中步行

他爱在黑暗中步行，黑黑的树林
聚在一起的阴影使他的梦冷静。

可是在他的胸中却藏着一种忧伤，
向往光明！向往光明！这热烈的愿望。

他不知道，在他的头上，碧空朗朗，
充满了纯洁的银白色的星光。

每夜做着这同样的梦

一场梦：你悄悄站在远处，
我的心惴惴不安地跳着——
哦，母亲，母亲，你不能
走过来看看我？

每夜做着这同样的梦！
我的心惴惴不安地呜咽着——
哦，母亲，你为何不愿
走过来看看我？

船员的祈祷 ｜ 亚得里亚海

时光如驶——已经是午夜！
天上没有月亮和星星。
请你守护我们的航行，
圣母，我们的主的母亲！

时光如驶。礁石就在
近旁。圣母，请你导航，
让船只通过风暴之夜，
安然抵达故乡的海港！

时光如驶，毫不休歇。
圣母，你的心肠仁慈，
你生过我主，将来请你
帮我们获得永远的安息！

孤寂之夜

你们，我的弟兄们，
远远近近的可怜的人们，
在星星的世界里
梦想获得痛苦之安慰的你们，
对着苍白的星月之夜
把你们消瘦的受苦者之手
一言不发地交叉着的你们，
你们，忍受者，你们，失眠者，
你们，可怜的迷途的朋友们，
没有希望之星和幸运的船夫们——
虽不相识，却跟我同心，
对我的致意，请给以回应！

帮工小客栈

钱花光了，酒瓶空了，
他们一个个睡倒，
精疲力竭，躺在地板上，
解除长途的疲劳。

一个还梦见那个警察，
好容易才得脱身，
另一个像是躺在野外，
阳光下温暖如春。

第三个伙计瞧着灯火，
像看到幽灵一样，
他撑住头，不能成寐，
感到暗暗的忧伤。

灯火灭了，万籁俱寂，
只有玻璃窗发光，
他拿起他的帽子和手杖，
又去黑暗中流浪。

高山之冬

1. 登攀

四面是白雪和冰川之冰，
陡削的山壁连成一排，
后面是覆满白雪的山地，
像梦境一样，辽阔而洁白。

我一步一步慢慢地踏着
岩石和飞雪的地面行走，
向满是积雪的山上攀登，
嘴里斜叼着短短的烟斗。

也许在那边世外的远处，
在冰和月亮的蓝光之中
栖有我所缺少的安宁，
还栖息着遗忘和睡梦。

2. 山神

赫赫的山神伸出雪白的手，
无远弗届地罩住他的山头。

他的脸上发出强烈的光，
我可不怕他：他能把我怎样？

在黑暗的峡谷里我将他认出，
在高峰上我摸摸他的衣服。

我常把他从微睡之中唤醒，
不顾死活，大胆跟他寻开心。

当我心中发闷，他跟我一起
在冰山路上慢慢地走几个小时，

把他的清凉的手亲切地放在
我的额头上，直到我定下心来。

3. 格林德尔瓦尔德①

已有好多良宵，仰望上空的青苍，

———————————

① 瑞士的东部伯尔尼阿尔卑斯山的夏季疗养胜地和冬季运动场所。

可从未见过星星，像今天的星这样。

群山的陡削的额头高耸太空，
淡淡的光辉掠过一座座雪峰。

上面张着奇妙的、近人的穹苍，
像梦境一样，纯洁而闪着星光。

星星的明灯，沉默、温柔、丰富，
一盏盏挨靠着，像跳快乐的圆舞。

伟大的宁静监护着那些星群，
用清凉的光充满我的心灵。

因此，在我继续活动的生活里，
只剩下对半忘的昨天的回忆。

4. 乘雪橇之旅

风雪突然从前方向我袭来，
疾驰的雪橇发出嘎嘎的声音，
裹着苍白的云气的埃格尔峰①，
迎面高耸出它那朦胧的尖顶。

———————

① 伯尔尼阿尔卑斯山的少女峰区的雪峰。

一种爽快的胜利的勇气使我
心里怀着难以名状的快乐，
仿佛在我的胸中承受着一种
由高傲和幸福组成的宝贵的重荷。

还在我心中沉睡的一切病根，
我用坚定的手把它拔出，
笑呵呵地向那又陡又深的
盖满白雪的地上扔了下去。

开俄加①

被风雨侵蚀得发黄的挤紧的门面，

在隐秘处的壁龛里供着圣母像，

如镜的水面，懒洋洋的游艇，

晒黑的渔夫们乘在宽阔的帆船上。

可是到处，每一座灰浆剥落的墙上，

所有的街巷里，石阶上，运河上，

都沉睡着一种绝望的忧伤，

想要向人诉说过去的时光。

我怀着暗暗的惊恐，轻轻地走在

铺路石上——我真想唤醒那忧伤。

要是真醒来！我永远无法离开。

我急忙走了过去，寻找码头，

寻找大海，找到一只旅游船。

身后，街巷依然郁郁不动地沉睡。

---

① 意大利著名的渔港，在威尼斯之南。

最黑暗的时刻

这是我们不理解的时刻！
它强迫我们向死亡的深渊弯倒，
把我们所知道的安慰一笔勾销，
从我们心中把秘藏的歌
连着血淋淋受伤的根一起拔掉。

可是，也正是这个时刻，它的重荷
教我们安于内心的休憩，保持沉静，
让我们成熟，变成智者和诗人。

献给我的母亲

我有许多话要对你讲，
我在异乡待得太久长，
可是最了解我的是你，
不论是在什么时光。

在孩子般胆怯的手里，
如今，我捧着最初的献礼，
我早就想把它呈给你，
你却已经闭上了眼皮。

可是，我读时，竟然感到
奇妙地忘掉我的痛苦，
因为，你那慈祥的存在，
用千丝万缕将我裹住。

信

晚风从西方吹来，
菩提树大声长叹，
月亮从树枝之间
向我的室内窥看。

我给我的心上人、
弃我而去的姑娘，
写好了一封长信，
月光照在信纸上。

看到静静的月光
在字里行间照耀，
心儿哭了，竟忘掉
睡眠、月亮和夜涛。

星光明亮之夜

我的灵魂，你不会祈祷？
瞧那些星星多么奇妙，
从蓝天里走了出来，
在空中又美又亮地照耀。

这些明灯，它们的光辉
从前曾使你深深眷念，
你曾给它们饰以你的
热恋之歌的彩色花环。

我感到，你是迫不得已
对星光明亮之夜低头，
是你的歌都已唱完，
灵魂啊，才使你开不出口？

白云

看啊，她们又在那
蓝色的天空里飘荡，
像被遗忘的妙歌、
那轻松的调子一样。

没有跋涉过长途、
懂得漂泊天涯者
所尝的甘苦的人，
就不会对她们了解。

我爱飘浮的白云，
我爱太阳、海和风，
她们是无家可归的
游子的姐妹和天神。

立体主义的红顶房子

水彩画/1922/24×31.5cm

红色屋顶的农场

水彩画/1925/23.8×31.6cm

蒙塔纽拉——马焦雷湖一瞥

水彩画/1933/24×30.9cm

蒙塔纽拉——卢加诺湖一瞥

水彩画/1937/51.5×34cm

1903 年至 1910 年

（二十六岁至三十三岁）

暴风中的麦穗

哦，暴风多么深沉地怒吼！
它那可怕的威力使我们
不安而纷乱地低垂着头，
通宵不寐，战战兢兢。

如果我们明天还活着，
哦，天空将会怎样晴朗，
暖风和羊铃之声将会把
幸福泉洒在我们的头上！

美丽的今天

明天——明天将会怎样？
哀伤、担心、无多少愉快、
头昏脑涨、美酒溢出——
美丽的今天，你应当永在！

尽管时间匆匆飞逝，
不断转着永远的轮舞，
痛饮这杯满满的酒，
却由我自己，始终不渝。

我那散漫的青春之火，
这几天来高高地烧着，
死神，你已抓住我的手，
你敢来对我进行强迫？

威尼斯游艇

在你的上空是蓝天和骄阳，
在你的下面是永远沉静的波浪，
在你修长的轻轻摆动的船底上
有爱情的表演和琴声悠扬。

你的轻轻的板壁乌黑而严肃。
只要快活的今天保持热烈，多可爱，
死亡、青春、爱情结束的梦，
是多么可爱，又多么奇怪。

我的青春的年华掠过
阳光灿烂的美丽的湖上，
向着不知道的目标，又快又轻，
修长的游艇啊，就像你一样。

夏天的傍晚

收割人在休息时歌唱，
成熟的苜蓿散发清香——
你啊，听到你的歌唱，
又唤醒我往日的忧伤！

在晚风之中轻轻飘来
那些民歌和儿歌之声，
早已愈合、早已忘记的
一切旧伤又隐隐作疼。

暮云飘浮得多么可爱，
大地显得暖和而辽阔……
今天你还要求我什么，
已消逝了的青年时代？

傍晚的桥上

傍晚，我总要去站在桥头，
俯看桥下面的阴暗的河流
怎样流着淌着，哗哗喧响，
向往远方——何处？想回家乡？

好多年来，我也在奔波流浪，
毫无休歇，抱着憧憬的渴望，
跟河流、浮云、轻风一起奔走，
想找到一处故乡，让我小休。

再走下去，就到结束的时候，
人们将用白布裹起我运走。
那就永别了，流浪，河水的喧响！
我会被运往——何处？运往家乡？

夜间

温暖湿润的风在飞驰，
芦苇上听到夜鸟飞过，
鼓着沉甸甸的翅膀，
从远处村中传来渔歌。

从那未存在过的时代
飘来一些凄楚的传说
和埋怨永远痛苦的叹息；
在夜间听到，真使人难过！

让它叹息吧，让它喧响吧！
周围的世界充满哀愁。
我们要倾听鸟儿的叫声，
要倾听村中传来的渔歌。

常常

常常，当一只鸟儿啼叫，
或是一阵风吹过枝头，
或是一只狗在远处农家狂吠，
我就要默不作声，倾听良久。

我的灵魂就往回飞，
直到被遗忘的千年之前，
鸟儿和吹拂的风还跟我相似，
还是我的弟兄们的当年。

我的灵魂变成一棵树，
一只野兽，一幅云纱。
它变样了，回到陌生状态，
向我问话。我该怎样回答？

抵达威尼斯

你，无声的阴暗的运河，

荒冷的湖湾，

一排灰色的古老的房子，

哥特式窗子，摩尔式的大门！

被好梦征服，

被死神摇着，

时间在这儿酣眠，

一切浮生显得如此遥远，遥远！

我要在这里独自走过

一切大街小巷，

在火炬的光照之下

站在游艇码头之旁，

向盲窗注视，

又惧又喜，像站在黑暗中的孩子。

高山的傍晚 | *献给我的母亲*

幸福的一天，阿尔卑斯山像火烧……
现在我真想让你看明媚的远方，
伴着你伫立多时，闷声不响，
沉浸于喜悦——哦，你为何竟死去了！

额头上面戴着云冠的黑夜
从山谷之间升起，多么庄重，
它轻轻抹去绝壁、牧场和雪峰；
我注望着——没有你，有什么意思？

这时，黑暗和沉寂从四面压来；
我心中昏暗，悲愁油然而生。
忽然，附近似有轻轻的脚步声：
"是我！是我！我儿，你认不出来？
明朗的白天，你去独自欣赏！
可是，在没有星光的夜深时分，
你那灰暗的惴惴不安的灵魂
渴望我来时，我一定在你身旁。"

雾中

在雾中散步真是奇妙！
一木一石都很孤独，
没一棵树看到别棵树，
棵棵都很孤独。

当我的生活明朗之时，
我在世上有很多友人；
如今，由于大雾弥漫，
再也看不到任何人。

确实，不认识黑暗的人，
决不能称为明智之士，
难摆脱的黑暗悄悄地
把他跟一切人隔离。

在雾中散步真是奇妙！
人生就是孑然独处。
没一个人了解别人，
人人都很孤独。

傍晚的对话

你为何像做梦般望那被云遮掩的景色？
我把我的心交给你的美丽的手里。
它是如此充满了说不出来的幸福，
如此热烈——难道你没有感觉到？

你露着冷淡的微笑把它还给了我。
静静的苦痛……它不作声。它冰凉了。

梦母①

在外面的温暖的草地上，
我要仰看天上的白云，
闭上我的疲倦的眼睛，
一直走向梦幻之乡，
前去会晤我的母亲。

哦，她已听到我的声音！
她轻轻走到我的身旁，
迎接来自远方的儿郎，
把我的额头、我的双手
悄悄地搁在她的膝上。

她现在可要问长问短？
说出来只有使我惶恐，
使我叹息，使我苦痛。
不，她露出笑容！她笑盈盈地
庆幸久别后又能重逢。

---

① 诗人之母玛丽·恭德尔特·杜波阿于 1902 年 4 月 24 日因患肾脏病逝世于卡尔坞。本诗收入诗集《途中》。

目的地

我过去出行，向无目的地，
从没有想到要获得休憩，
我的路好像没有终点。

我终于看出，我只是兜圈子，
于是对行旅感到倦意。
那一天是我一生的转折点。

如今我走向目的地，犹犹豫豫，
因为我知道：我走的一切道路，
都有死神伸手迎接我归去。

早春

燥热风每夜在呼啸，
沉重地拍着潮湿的翅膀。
杓鹬在空中摇摇晃晃。
现在什么也睡不着了，
现在整个大地都醒来了，
春天在叫唤了。

安静吧，安静吧，我的心！
即使有一股热情
在血里激烈地沸腾，
要领你走旧日的路程
你的道路再也不会
通往你的青春。

在烦恼之中

随着山上的燥热风，
雪崩滚了下来，
发出吓死人的巨响——
这岂是上帝的安排？

我不得不像个异邦人
漂泊在人世之间，
没有人可与交言，
这岂是上帝的恩典？

上帝可看到我
在忧伤与痛苦中彷徨？
唉，上帝死掉了！
我还该活在世上？

春天①

清新的白云轻轻地飘过碧空，
孩子们歌唱，花儿在草中含笑；
我的倦眼，不管我看往哪里，
都想把我在书中读过的忘掉。

确实，书中读到的一切困厄，
都已消散，不过是冬天的妄想，
我的清爽、痊愈的目力注望着
新的、涌现出来的森罗万象。

可是在我自己的心里写下的
有关一切美的无常迅速，
经过一次次春天被保存下来，
任何风再也不能把它吹去。

───────────────

① 本诗曾由里夏德·施特劳斯作曲。

夜

我吹熄了我的烛火；
从开着的窗子里涌进来黑夜，
她温柔地拥抱我，让我做她的朋友，
做她的兄弟。

我们俩患着同样的怀乡病；
我们让不祥的梦——离开，
低声细说着在我们父亲的家中
共同度过的往昔时代。

六月的刮风的日子

湖水像玻璃一样倔强，
发出银光的细草
飘动在陡斜的山坡上。

一只麦鸡在空中啼叫，
像临死一样悲哀，
兜来兜去地摇摇晃晃。

从对岸那边飘来
镰刀声响和令人渴念的草原清香。

早晨

躺在绿林的边上，
我睡过了头，
林地里传来轻轻的叫声，
我擦擦我的眼睛，
已经是白昼。

我的梦已经消逝，
我的噩梦！看看人世
到处都是非常完备，
对我和许多迷途的旅人
都有活动的余地。

啊，白天，年轻的日子！
我还可以度过有生之年，
在你这里忘记时代，
忘记我自己，忘记
还会碰到的一切困难。

箴言

你要跟一切万物
结为姐妹和兄弟，
让万物渗透你全身，
不要分什么我的和你的。

你要同归于尽，
不管是星坠和叶落！
你也要随时随地
跟一切一起复活。

夜感

借着照亮我心的
蓝色的夜的威风，
从云缝深处突然
出现月亮和星空。

灵魂之火在穴中
被拨得火势旺盛，
因为夜在苍白的
星光下弹出琴声。

一听到琴声召唤，
忧愁飞逝痛苦减。
哪怕明天我去世，
总算没虚度今天！

夏夜

雨点滴落，空气沉闷。

还没有风吹来。

一个醉汉沿着街道歌唱。

他的歌零乱而无力，像一个小孩。

现在他完全沉默了：

天空像裂开一样，

在青白色的闪电光中，

街道闪烁着刺眼的光。

像白马狂奔一样，

落下哗哗的大雨。

光，全都熄灭，形，全都消失，

我被滚滚而来的巨浪围住。

七月的孩子

我们，七月里出生的孩子，
喜爱白茉莉花的清香，
我们沿着繁茂的花园游逛，
静静地耽于沉重的梦里。

大红的罂粟花是我们的同胞，
它在麦田里、灼热的墙上，
闪烁着颤巍巍的红光，
然后，它的花瓣被风刮掉。

我们的生涯也要像七月之夜，
背着幻梦，把它的轮舞跳完，
热衷于梦想和热烈的收获节，
手拿着麦穗和红罂粟的花环。

诗人

夜间，无穷无尽的星
只为我这个孤独者照耀，
石砌的喷泉只为我唱它的充满魅力的歌，
行云的多彩的阴影
只为我这个孤独者
像梦一样掠过原野。
没有家、没有农田、
没有森林、狩猎和任何行业被赐给我，
只有不属于任何人的，才是我的，
森林幕后的奔腾的小溪是我的，
丰饶的大海是我的，
孩子们嬉游时发出的像小鸟的闹声是我的，
傍晚时孤独的情人的眼泪和歌是我的。
各位神祇的寺庙也是我的，还有
往昔的令人敬畏的小树林。
同样，未来的
明朗的穹苍就是我的故乡：
我的灵魂常常展开憧憬的翅膀飞升，

观看幸福的人类的未来，

打破法规的爱，人民与人民之间的爱。

我又看到这一切，变得非常高贵：

农民、国王、商人、勤勉的船员、

牧人和园丁，他们全都

激动地庆贺未来的世界佳节。

唯独没有诗人参加，

他，孤独的洞观者，

他，人类憧憬的负载者和苍白的化身，

他不再需要未来，不再需要

世界的成就。在他的墓畔，

许多花圈枯萎了，

面对他的回忆也消逝了。

夏天的结束

温暖的夜晚，雨丝单调地、
轻轻地、哀叹地落个不停，
像一个疲倦的孩子在哭泣，
一直等到午夜的逼近。

夏天，对它的良辰感到厌倦，
把花环擎在枯槁的手里，
将它丢弃——花环已经凋谢——
不安地俯下身来，情愿长逝。

我们的爱也是那火一般的
炎热的夏季良辰的花环，
如今，最后的舞已慢慢跳完，
大雨滂沱，宾客逃散。

趁我们对那凋零的壮丽
和消逝的热情还没感到愧悔，
让我们在这严肃的夜间
向我们的爱来一次告别。

九月的中午

蓝色的白天

在高空休息一小时时光，

万物都被它的光裹住，

像在梦中看到的那样：

世界没有阴影，

在蓝色和金色之中被摇入睡乡，

躺在纯净的气氛和成熟的和平之中。

——要是有阴影投在这种景象上！——

你刚刚这样想，

金色的时光

已从轻轻的梦中醒来，

一面更加安静地笑着，一面变得苍白，

周围的阳光变得更加阴凉。

幸福

在你猎取幸福的期间，
你还没有成熟得成为幸福者，
哪怕你最喜爱的已归于你。

在你痛悼失去的一切、
向着目标忙忙碌碌的期间，
你还不知道什么是安宁。

只有当你放弃一切欲望，
再也不知道目标和追求，
不再以幸福之名称呼幸福，

那时，万事的洪流就不再
冲到你心头，你的灵魂就安静下来。

安慰

我一生不知有多少岁月
都过去了，毫无意义，
什么痕迹也没有保存，
也没有什么感到可喜。

时间之潮给我卷来，
数不清的千姿万态；
我用不着保留什么，
什么也不使我喜爱。

可是，尽管它们都跑了，
我的心里却莫名其妙地
深深感到生活的热情，
远远超越过一切时期。

这种热情无意义，无目标，
对远近一切都很熟悉，
它把瞬间化为永恒，
就像在游戏时的孩子。

散步

红树枝的赤松，

银色的可爱的桦树，

沉默寡言的山毛榉，

请问：你们也痛苦？

在蜜蜂的嗡嗡声中

透气的花儿，你们，

难道你们的生活

也是如此阴暗而郁闷？

独自

在世界上面
有许多道路可通
可是目的地
全都相同。

你可以两人三人
一同骑马或乘车,
可是最后一步,
你得独自去走。

因此,独自去干
一切艰难的事业,
更胜似一切
智慧和能力。

提契诺的湖边村庄

水彩画　印度墨汁/1924/21.5×17cm

晨曦中的提契诺村庄

水彩画 印度墨汁/1924/21.5×17cm

卡萨博德默的露台

素描/1931/17. 3×25. 7cm

在花园里

素描/1931/17. 3×25. 7cm

1911 年至 1918 年

（三十四岁至四十一岁）

旅行之歌

太阳，照进我的心里来，
风啊，吹散我的忧愁和悲恸！
除了走上遥远的旅途之中，
我不知道世间还有什么更高的欢快。

我迈开脚步，走向平原，
太阳会把我晒黑，大海会使我清凉；
为了对尘世生活获得同感，
我兴高采烈地将一切感官开放。

这样，每一天新的日子，
会给我介绍新的朋友、新的弟兄，
直到我能无痛苦地赞美一切力量，
成为一切星辰的宾朋。

面对非洲

有家乡很好，
睡在自己的屋顶下，有孩子、
庭园和狗，也很适意。可是，
你刚在最近旅行后稍事休憩，
远方又用新的诱惑来吸引你。
最好是带着怀乡病、
在高空的星星之下独自一人
沉浸于自己的憧憬。
只有心平气和的人
才能享受财产和休息，
而漂泊者却在不断的希望落空之中
忍受旅行的困苦和劳累。
一切旅行之苦确实较为轻松，
比在故乡的谷中寻到安宁更轻松，
只有智者才能在家乡的
忧与喜的小圈子里建筑他的幸福。
对我，最好是去寻找而永不找到，
不让身边的事物将我紧紧地温暖地捆住，
因为，即使在幸福之中，我在这世上
也只能当个过客，永远不能当个市民。

傍晚的红海

从灼热的沙漠里

飘来一阵毒风，

不大动的海黑沉沉地候着，

无数性急的海鸥

穿过炎热的地狱伴随着我们。

电光在天边无力地闪烁着，

这片被诅咒的大地不知道什么甘霖。

可是在上空却独自飘着

一片宁静的云，又明朗，又高兴；

这乃是上帝的安排，

让我们不再感到失去安慰，

不再在这个世界上忍受孤独。

在地球上这个最热的地方我所见到的

这无法测量的荒原和蒸人的地狱，

我永远不会遗忘；

可是在上空飘着的那片微笑的云，

对于我，在一生的中午时分

感到逼人的沉重的郁闷的我，却应该是一种安慰。

原始森林中的河

千年以来，它从森林里流过，
看着那些裸体的棕种人用木头
和芦席搭成的小屋升起又消逝。
它的棕色的水总是滔滔地卷走
树叶、树枝和深暗的原始森林的污泥，
在斜照的炙热的阳光之下沸腾。
夜间常有老虎和大象走来
贪婪地洗澡，让沉郁的精力得到舒畅，
在闷闷的快感中穿过森林咆哮。
岸边，在混浊的泥水和芦苇中，
沉重的鳄鱼发出响声，今天，还像
千年万年以前一样；野豹胆怯地
轻快地从芦苇丛中蹿了出来。

我在这里送走静静的白天，在林中
芦席的小屋里，在轻轻的独木舟里，
很少有人类世界的声响
唤醒我的沉睡的回忆。
可是在晚间，当那匆匆的黑夜

恶意地逼近，我站在河边倾听，
就听到远远近近，处处传来
迷路的声音，
在黑夜中的人类的歌声。
这是渔夫和猎人们，他们
在轻轻的船上受到暮色的侵袭，
童稚的深深的恐怖使他们心脏虚弱，
他们害怕神秘的威力，害怕鳄鱼，
害怕那些一到夜间就在黑水上面
活动起来的死者的幽灵。

我没听过这种歌，也听不懂歌词，
可是这种声音跟我在故乡莱茵河畔、
内卡河畔听到的渔夫和少女的晚歌
并没有什么两样：我充满恐怖，
充满憧憬，这未开发的森林、异国的
黑暗的河流，对我就像故乡一样，
因为这里就像有人迹的任何地方，
当胆怯的灵魂靠近他们的神祇，
就唱一首歌排遣黑夜的恐怖。
我回到小屋的区区的庇护之下，
躺下身来，四周是森林和黑夜，
还有清脆的、尖锐的知了的鸣声，
直到睡神把我带走，直到月亮
用冷冷的光辉抚慰不安的世界。

新加坡华人的节日之夜

在节日之夜，他们安详地
蹲坐在结彩的阳台上面，
映着被晚风吹动的烛火，
谈说着早已作古的诗人的诗歌，
兴高采烈地聆听呜呜的琴声，
少女的眼睛显得更大、更加美丽动人。

音乐声响彻没有星辰的黑夜，
像大蜻蜓鼓翼一样的清脆，
棕色的眼睛闪着无声的幸福的光辉——
没有一个人的眼睛不流露笑意。
下面，通明的城市睁着无数的
明亮的火眼在海边守候着不睡。

夜间

夜间，当大海摇荡着我，

星星的苍白的光辉

照在大海的辽阔的波上，

这时，我完全离开

一切的行动和一切的爱，

静静地伫立着，只是独自呼吸着，

独自一人听凭大海摇晃，

静静的冷冷的大海闪着无数的光。

于是我不由想起我的友人，

把我的眼光投入他们的眼光里，

静静地向每人提问：

"你是否还是我的友人？

我的烦恼也是你的烦恼？我的死亡也是你的死亡？

对我的爱，对我的困苦，

你只感觉到一口吹气，一声回响？"

大海安静地瞧着，沉默着，

微笑着：不。

可哪儿也没有传来问候和回答。

赠一位中国的歌女

我们在傍晚坐船航行在静静的河上，
淡红色的槐树映射出灼灼的光华，
淡红色的云多么辉煌。可是我不看这些，
我只看你的头发上插戴的李花。

你露出笑容，坐在彩船的船头上面，
在你熟练的手里抱着一只琵琶，
你在歌唱一曲神圣的祖国之歌，
而从你的眼睛里射出青春的火花。

我默然站在桅杆之旁，但愿做这
炯炯的眼睛的奴隶，永远无止无休，
在幸福的痛苦里永远听你的歌声，
听你如花的素手进行悦人的弹奏。

告别原始森林

我在岸边坐在箱子上，
下面，印度人、中国人、马来人
在轮船旁叫喊大笑，
贩卖金光闪闪的小商品。

尽管原始森林的河流还沾湿
我的鞋底，背后的炎炎的昼夜、
炽热的生涯，现在我已小心地
把它们当宝物一样深藏在记忆里。

我知道还有许多地区、城市在等我，
可是，森林之夜，粗犷奔放的
原始世界之园，那种壮丽的景色，
再也不能引诱我，使我惊奇。

这儿，在这无限辉煌的荒野里，
我跟人世从未脱离得这样远——
哦，我自己的灵魂所反映出的姿影，
我从未看到它如此相近而没有改变。

多难的时代

现在我们静悄悄，
什么歌也不再唱了，
脚步变得沉重起来；
是黑夜要来到了。

把手伸给我，
也许我们的路还很远。
下雪了，下雪了！
异国的冬天非常严寒。

什么时候
再能把烛火，炉火点燃?
把手伸给我！
也许我们的路还很远。

漫游道中 ｜ 回忆克奴尔普①

不要悲伤，黑夜就要来了，
我们将看到清凉的明月
在苍白的大地上空窈笑，
而手搀着手安息。

不要悲伤，时间就要到了，
我们将获得安息。我们的十字架
将并排竖在明亮的路边上，
任凭它下雨下雪，
任凭野风来来往往地吹刮。

---

① 《克奴尔普》是黑塞的流浪汉体小说，由《初春》、《回忆克奴尔普》和《结局》三篇
连续性的小说组成。

命运

我们在愤怒、无知之中
像孩子一样地分手，
我们都互相避不见面，
全出于愚蠢的害羞。

就在后悔和等待之中，
不知度过了几多年。
如今再没有道路通向
我们的青春的花园。

花枝

花枝在轻风之中
总是摇曳不停，
我那孩子一般的心
总是动荡不宁，
摇动在晴天和阴天之间，
摇动在愿望和断念之间。

直到花儿被风吹散、
枝头挂满累累果实，
直到倦于童稚的心
获得安静
并且承认：充满不安的人生游戏
有许多快乐，不会白费力气。

九月的悲歌

雨在阴暗的树林里庄严地唱它的歌，
多树的山上已经出现战栗的枯黄色。
朋友们，秋来了，它已守在森林边窥看；
原野也空虚地凝视，只有小鸟儿飞来。
而在南坡旁架上的青葡萄已趋于成熟，
丰满的内部蕴藏着热情和秘密的安慰。
今天还充满汁液、绿叶沙沙的万木，
很快就褪色冻僵，在雾与雪中枯死；
只有暖人的葡萄酒和桌上灿烂的苹果
还会显示着夏季晴日的热烈的光辉。
我们的感官也要衰老，在迟来的冬天里，
靠着温暖的火，痛饮回忆的葡萄酒，
让往日的欢宴和喜悦的幸福的影子
在无言的跳舞之中掠过我们的心头。

滑雪时的休息

在高高的坡面上作好滑行准备，

我拄着手杖休息一会，

眼花缭乱地观看远远近近，

世界笼罩着蓝色和白色的光辉，

上面：寂寥地冻僵的群山，

一座座峰顶默默无言；

下面：预想中的小路穿过重重山谷，

完全消失在光辉里面。

我惊奇地停留了片刻时间，

再也顶不住沉寂和孤独，

于是，沿着倾斜的山壁，

屏住气，迅速向山谷中滑去。

关联

从久已灭亡的若干民族的歌里
常有共通的调子使我们心惊，
使我们半怀着痛苦侧耳倾听，
是不是我们的故乡就在那里。

我们心脏的跳动也是如此
跟那世界的心脏联结得很紧，
后者把我们的睡眠和觉醒
跟太阳和星辰运行保持一致。

我们最狂热的愿望的浊流，
我们最大胆的梦想的热火，
是从未休息的原始活力的活力。

我们就这样把那由太古圣火
所生所育的火炬拿在手里，
朝着永远的新太阳一直往前走。

荷尔德林颂歌①

我的青年时代之友，好多夜晚，
我感激地回到你身边，每逢沉睡的
院中，在丁香花丛里，
只有喷泉还在淙淙鸣响的时刻。

无人了解你，哦，朋友；现今的时代
已经远离希腊的沉静的魅力，
没有祈祷，也无神可信，
大众在尘埃之中无聊地彷徨。

但在私下、群众中的醉心内省者，
他们的灵魂受到对神的憧憬鼓动，
就在今天，还震响着
你那神圣的竖琴奏出的歌声。

---

①　荷尔德林（1770—1843）是德国大诗人，他的诗中充满了对古希腊的向往。黑塞从少年时代就爱读他的诗。

我们倦于白昼的人，我们渴慕地
转向你的诗歌的芳香的夜晚，
它那飘动的羽翼
用金梦的影子荫蔽住我们。

啊，每逢你的诗歌使我们迷醉，
我们的永远的乡愁就更加热烈、
更加痛苦地燃烧，
寻求古代的仙境、希腊人的神殿。

雨天

胆怯的眼光看到哪里，
总是碰到灰色的墙壁，
"太阳"只成了一句空谈。
树木湿淋淋、光秃秃，像是冻僵，
妇女们出外，都把雨衣披上，
绵绵的雨潇潇地下个没完。

从前，在我的童年时光，
天空总是那样蔚蓝而晴朗，
所有的云都镶着金色的边；
如今，我上了年纪，
一切光辉都消逝，
雨潇潇地下着，世界已经改变。

秋日

森林的边上闪着金光，
我独自走在这条路上，
这里，我曾和我的恋人
双双走过不知多少趟。

许久以来，在我心中
暗藏着的烦恼和欢喜，
碰上这些愉快的日子，
全消溶在远方的雾气里。

在野火的烟气之中，
乡下孩子们跳得多欢畅；
我也开始唱起歌来，
像一切别的孩子一样。

童年时代

你，我的遥远的幽谷，
中了魔术而沉埋了。
常常，在我困苦烦恼之时，
你从阴司中升起，向我呼叫，
你张开你的童话似的眼睛，
使我在片刻的幻想中无限欢欣，
回到你那里，完全忘掉我自身。

哦，黑暗的大门，
哦，黑暗的死亡的时间，
你来吧，让我复原，
让我从这人生的空虚之中
回去重温我的旧梦！

灵感

夜。黑暗。我让额头
搁在疲倦的手里。
脱离白天的繁忙，
转向无限的黑夜。

多静！远近没一点声音！
路上听不到枯叶的响声，
云团走着黑暗的旅途，
没有月亮和星陪伴它们。

可恶的芒刺慢慢地
从我胸头脱落，
灵魂无意识地把白天里
纠缠的一切全都摆脱。

它所熟悉的安慰和爱，
从不可思议的梦乡中
亲切地出现，向它俯下身来。

哦，灵魂的安慰者，我欢迎你！
你这充满预感者，你的曲调
常常从我的胸头把梦魇赶跑！

美妙歌曲的梦一样的深泉，

让我再听听你的声音，

让我狂喜而梦沉沉地

听听你那银弦的声音！

躺在草地上

这难道就是一切，花儿的魔术、

明媚的夏天草地的彩色软毛、

露出温和的蓝色展开的天空、蜜蜂之歌

难道这一切都是一位神的

呻吟的梦、

无意识的力量追求救济的叫喊？

遥远的山的轮廓，

它在碧空中愉快而大胆地休憩，

难道它也不过是痉挛、

不过是发酵的大自然的剧烈的紧张、

不过是痛苦、烦恼、无意义地摸索的、

从不休息的、从无幸福的活动？

啊，不行！你放开我吧，

现世痛苦的无情的梦！

蚊虫的飞舞在黄昏之光中扇动你，

小鸟的叫声扇动你，

媚人地吹在我的额头上

使我凉快的微风扇动你。

你放开我吧，太古的人类之忧伤！
尽管一切都是痛苦，
尽管一切都是烦恼和阴影——
可是这快乐的阳光晴和的时刻、
这红翘摇散发的清香、
我心灵中的深深的温和的快感
都决不是这样。

日子是多么难过

日子是多么难过！

没有可供我取暖的火，

没有太阳对我笑盈盈，

一切皆空，

一切都是冷冰冰，没有同情，

就是可爱的明亮的星，

也不安慰我对我注望，

自从我心里体会到

爱情也会死亡。

乡村墓园

常春藤挂在斜斜的十字架上，
温和的太阳，芳香，蜜蜂的歌唱。

你们真幸福，安卧在这个地方，
紧紧靠着善良的大地的心房！

你们真幸福，安详而不留姓氏，
回到老家，休憩在母亲的怀里！

可是听：从飞鸣的蜜蜂和花里
发出一种求生、乐生的呼吸，

从地底下的深根睡梦之中
透露出早已熄灭的生存的冲动。

生命的残骸在黑暗之中掩埋，
改变形姿，强烈地要求现在，

而那大地母亲堂堂正正地
在临产之时转动她的身体。

不，安宁之宝，在这墓穴之中，
并不像黑夜之梦那样沉重；

死亡之梦不过是凄凉的烟，
在它下面燃烧着生命的火焰。

艺术家

我多年来热烈地搞出的创作，
在嘈杂的市场上面展出，
快活的世人轻率地走了过去，
笑着，称赞着，觉得一切都不错。

没有一个人知道，世人笑哈哈
给我加在头上的可喜的花冠，
耗尽我的生命的力量和光华，
唉，我作出的牺牲真是徒然。

蝴蝶

我感到悲从中来，
当我走过了原野，
我看到一只蝴蝶，
暗红色、白色的蝴蝶，
在蓝风之中飘来。

你啊！在童年时光，
当世界还像早晨般爽朗，
天空就像在我的近旁，
我曾最后一次看到你
舒展美丽的翅膀。

你，多彩的温和的飘舞者，
我觉得你是从乐园而来，
对着你那神一般的明辉，
我不由张着羞怯的眼睛，
感到拘谨而自惭形秽！

白色的、红色的蝴蝶，
被吹往原野的远处，
我茫茫地继续走去，
来自乐园的宁静的光辉，
留在我的内心深处。

在埃及雕刻收藏品中

你们用嵌着宝石的眼睛

静静地、永远

眺望着我们这些后世的弟兄。

你们那闪着微光的平淡的面容

好像不知道爱情和欲望。

你们这些不可理解者，

从前像王公、又像星星的姐妹，

在殿宇之间走动，

今天在你们的额角周围还飘着

神圣的气氛，像遥远的群神的香气，

在你们膝头四周还存在威严；

你们的美在泰然自若地透气，

永恒就是你们的故乡。

可是我们，你们的小弟弟，

背离了神，踉踉跄跄，过着迷惘的生活。

我们的战战兢兢的灵魂

向一切热情的痛苦、

一切炽烈的憧憬贪婪地敞开。

我们的目的地就是死亡，

我们的信仰就是无常，

我们的乞怜的形象

难以跟时间的破坏力对抗。

可是我们

在心中还保有

跟你们的灵魂近似的秘密的烙印，

我们抱有对神的预感，而且在你们、

太古的无言的雕像面前，

感到无畏的爱。因为，

我们对任何事物都不痛恨，也不恨死亡，

痛苦和死

吓不倒我们的灵魂，

因为我们学会了更深地去爱！

我们的心跟鸟儿的心、

大海和森林的心相通，我们把

奴隶和不幸者称为兄弟，

也用爱的名字称呼动物和石头，

因此，我们的无常的存在的

各种模像将不会

以坚硬的石像之姿比我们更长命；

它们将含笑消逝，

而在易逝的日光尘埃之中，

时时刻刻，面向新的喜悦和痛苦，

性急地永远复活。

致忧郁

去饮酒访友，我逃脱了你，
因为我怕你阴暗的眼睛，
在恋人怀中，听弹琉特琴，
你的不孝子，我忘掉了你。

你却默默地紧跟不放松，
在我绝望地痛饮的酒里，
在我沉闷的热恋之夜里，
也在我对你嘲笑的声中。

现在，当我又回到了家里，
你让我疲倦的肢体凉爽，
你把我的头放在你膝上，
走了许多路，还是走向你。

龙胆花

你在幸福的光照中陶醉于
夏日的喜悦，透不出气，
蓝天深沉地映进你的花萼里，
风也吹进你的绒毛里。

如果风能把我灵魂的
一切过失和痛苦吹光，
我就可以做你的兄弟，
跟你过着宁静的时光。

这样，我的羁旅生涯
就有幸福的轻快的终点，
就像你，作为蓝色的夏梦，
游历上帝的梦之花园。

阿尔卑斯山口

我走过许多山谷来到这里，
我的心中并无什么目的地。

我纵目遥望，在远方的尽处
看到意大利、青年时向往的国土，

这时，凉爽的北国也向我注望，
我在那里建造了我的住房。

我怀着奇妙的痛苦静静远看，
眺望南方、我的青春的花园，

又向北方，我现在羁旅之地，
挥舞我的帽子告别致意。

我的心中就像火烧着一样：
唉，那边、这边，都不是我的家乡！

最初的花

在小河之旁，

在赤杨附近，

在这几天里，

有许多黄花

张着金色的眼睛。

早已失去天真的我，

在我内心里勾引起

对我一生的清晨黄金时期的回忆，

它通过花的眼睛炯炯地向我凝视。

我本想去采它几枝；

可是如今，我这个老人，

却听凭它们开着，走回到家里。

青春的花园

我的青春是一座花园之乡，
草地里涌出清泉仿佛白银，
古树的童话似的苍翠浓荫
使我狂梦的烈火趋于清凉。

如今我在闷热的路上奔走，
口渴唇干，青春之乡已关闭，
蔷薇越过墙头，像嘲笑似的
对着漂泊的我轻轻地点头。

清凉花园中的树梢的声音
沙沙地响得尽管越来越远，
却更加悦耳，大大胜过从前，
不由使我分外热忱地倾听。

暮色中的白蔷薇

你把你的面庞凄然
靠在叶子上，面向死亡，
发出幽灵似的光辉，
让苍白的梦在四周飘荡。

可是，在最后的幽辉中，
还闻到你可爱的清香，
在室内飘了整个一晚，
亲切地像在歌唱一样。

你的小小的芳魂腼腆地
追求那种无以名之者，
她微笑着，她枯死在
我的心头，蔷薇姐妹。

给我的弟弟

如果现在我们再看到故乡，
我们会欣然穿过一个个房间，
在我们顽童时代玩耍过的
古老的园中停留很久时间。

如果听到故乡教堂的钟声，
那么，我们在外边的世上
所获得的那种一切的快乐
就不会再使我们感到欢畅。

如果我们静静地沿着老路、
从那儿童时代的绿野里走过、
在我们心中，儿时就会变得
珍奇而壮丽，仿佛美丽的传说。

啊，以后不管我们再碰到什么，
一切都将显得黯淡无光，
不再像从前，我们在儿童时代、
每天在园中捕捉蝴蝶那样。

幸福的时刻

园中的草莓如火如荼，

到处闻到甜蜜的清香，

我觉得，好像必须等待，

我的母亲马上就会

穿过绿色的庭园走来。

我觉得我好像是个小孩，

我所浪掷的、错过的，

输掉的、失去的一切，

都像是一场春梦。

在庭园的宁静之中，

丰富的世界在我面前展开，

一切都被赠与给我，

一切都属于我。

我迷迷糊糊地伫立着，

不敢移动一步，

深怕那香气会跟我的

幸福的时刻一同散去。

两者对于我都是一样

在我整个少年时代，
我追求过一切欢娱，
后来，我却满怀忧郁，
独自沉浸于忧伤和痛苦。

痛苦和欢娱，如今对于我
已融洽得像是亲兄弟；
不管它们带来悲和喜，
两者都已经合成一体。

不管上帝领我通过
地狱的叫喊，晴日的穿苍，
只要我感觉到上帝的手，
两者对于我都是一样。

入睡之时①

现在，白天使我困倦，
明星之夜可会亲切地
接受我的憧憬的愿望，
像接受一个疲倦的孩子？

手啊，放下一切的活儿，
额头啊，忘掉一切思想，
现在，我的全部感官，
都要进入黑甜之乡。

我这不受管制的灵魂，
它要展开自由的羽翼，
千倍万倍地深入生活，
在这良宵的魔术圈里。

---

① 本诗曾由里夏德·施特劳斯谱曲。

春日

风在丛林里吹，鸟儿在歌唱，

在高高的可爱的碧空之上，

一只静静的豪华的云舟飘荡……

我梦想着一个金发女郎，

我梦想着我的少年时光，

那辽阔的高高的碧天

是我的憧憬的摇篮，

我毫无忧思、

幸福温暖地

低声哼唱着躺在其中，

像一个孩子

躺在母亲的怀中。

华丽的晚间音乐

快板

云层散开；闪闪烁烁的光

从炽热的天空飘到耀眼的山谷上。

燥热的狂风吹送着我，

我拖着不知疲倦的脚，

在阴沉沉的人生的路上奔逃。

哦，但愿在我和永恒之光的中间，

哪怕是一刹那之间，永远有一阵狂风

亲切地把灰色的雾吹散！

我的周围是陌生的异邦，

命运的大波卷得我东飘西荡，

使我远离开我的故乡。

燥热风啊，把云吹散吧，

把帷幕扯下吧，

让光射到我的怀疑的小路上！

行板

永远使人快慰

而又永远常新地在永恒的创造的光辉中，

世界笑盈盈地映在我眼里，

幻作无数生动的形姿存在着、活动着，

蝴蝶在映着阳光的风中翩翩飞舞，

燕子在幸福的碧空中飞翔，

海涛在岩岸边流动。

星星和树木，云和小鸟，

永远不断地跟我相亲相近，

山岩像兄弟一样问候我，

无边无际的大海像朋友一样呼唤我。

我的道路无可理解地把我引向

蓝色的茫茫的远方，

到处都没有意义，到处都没有确切的目标——

可是林中的条条小溪，

每一只嗡嗡的飞虫都对我谈深奥的规律、

神圣的秩序，

那种苍穹也覆盖在我的上空，

那种秘密的声响，

像天体的运行一样，

也在我的心脏的跳动中鸣响。

柔板

被白昼关闭的，由梦来送与我们；

夜间，当意志卧倒时，

被解放的力量就努力向上，

追随着神圣的预感。

森林和河流哗哗喧响，电光闪过

生气勃勃的灵魂的蓝色夜空。

我的内部和外部，

分割不开，世界和我合而为一。

云飘过我的心头，

森林做着我的梦，

房子和梨树向我叙述

共同度过的童年时代的被遗忘的传说。

河川在我心中回响，峡谷在我心中投影，

月亮和苍白的星是我的亲密的游伴。

可是，温和的夜，

伴着温柔的云在我头上俯下身来的夜，

露着我母亲的面容，

怀着无尽的爱，微笑着吻我，

像从前一样，梦寐似的

摇着她可爱的头，她的头发

飘过世界，发中有无数星星

发出苍白的光，战栗地颤动。

薄伽梵歌① ｜ 1914 年 9 月

一小时，一小时，我又难以入梦，
充满难解的烦恼，心儿伤痛。

我看到大火和死亡在世间蔓延，
千万无辜者受苦、身死、腐烂。

我的心里在发誓诅咒战争，
无意义的痛苦的盲目之神。

就在这个凄凉的孤独的时辰，
恍惚传来一阵阵回忆的唤声。

一部太古的印度的诸神之书，
向我引述其中的和平之警句：

① 薄伽梵歌（梵文意为"神之歌"）为古代印度的哲学教训诗，收载在印度史诗《摩诃婆罗多》中。

"战争与和平，两者价值一样，
神灵的世界受不到死亡的影响。

不管和平的秤盘低降或升高，
世界的苦恼依旧不会减少。

因此，你去战斗吧，不要停止；
你奋发一切力量，这乃是神意！

可是，尽管你获得千百次凯旋，
世界的心脏仍然会跳动不变。"

和平　|　1914 年 10 月 ①

人人有过和平，

谁也没重视和平，

它的甘泉曾使人人感到凉爽，

哦，和平这名字，如今听来怎样！

这声音是那样遥远而迟迟，

是那样满含沉重的泪花，

谁也不知道它何时来到，

谁都满怀希望地盼待着它。

总有一天会欢迎你，

第一个和平之夜，

温柔的明星，那时，你终于

在最后战斗的硝烟的上空出现。

---

① 1914 年 7 月 28 日奥匈帝国向塞尔维亚宣战，8 月 1 日和 3 日德国先后向俄国、法国宣战，第一次世界大战爆发。

每个夜晚，

我的梦仰望着你，

焦躁的积极的希望已经预感地

要从树上采摘黄金的果实。

总有一天会欢迎你，

另一个未来的曙光！

当你从血泊和困苦之中

出现在我们尘世的天空之上。

少女坐在家中歌唱① | 1914 年 12 月

白色的雪，冰凉的雪，

你在遥远的异邦

落在我恋人棕色的头发里，

落在我恋人可爱的手上？

白色的雪，冰凉的雪，

他没有感到寒意？

他躺在白茫茫的原野里，

还是躺在黑暗的森林里？

白色的雪，狡猾的雪，

让我的恋人安静！

你干吗盖住他的头发，

干吗盖住他的眼睛？

---

① 本诗作于第一次世界大战之初，描写少女思念征人，颇像我国古代的闺怨诗。由此也看出诗人反对帝国主义战争的心情。

狡猾的雪，白色的雪，
他并没把命送掉；
也许他当上了俘虏，
还能有水和面包。

也许他马上就回来，
可能已站在家门旁，
我得把眼泪擦干，
否则会看不清爽。

春天　│　1915 年 3 月

花蕾在森林边上流泪，

黄花在惨绿中闪闪发光，

小鸟的谈情说爱的叫声

在明媚的小丛林中如醉如痴，

孩子们寻找报春花

在草地上乱跑

喃喃地唱着

对未来生活感到的乱糟糟的苦恼。

可是我们大人

却敏锐地细听着山的那边

远远的炮火之声

变得微弱低沉，像临死的脉搏一样跳动。

总有一天和平会来到！

总有一天我们将和孩子们一起

捧着花环严肃地庆祝，

把花环放在令人难忘的坟墓上，

把花环送给那些被死神饶了他们的

晒黑的额头的人们，庆贺他们还乡。

我们将佩戴花环，

和平总会在

庆祝的钟声中来到，

总有那一天——那一天——不朽的母亲

会张着深陷的眼睛

慈祥地、微笑地

向无数死者俯下身去。

山居之日

唱吧，我的心，今天是你的日子！

明天，当你死去时：

星星放光，你就看不到，

鸟儿歌唱，你就听不到——

唱吧，我的心，趁你的易逝的韶光

还在大大地放光！

太阳在闪着星光的雪上照耀，

白云环聚在深谷上远远地休息，

一切都新颖，一切都是光和热，

没有沉重的阴影，没有伤人的烦恼。

呼吸真舒畅，呼吸是幸福，

是祈祷，是歌唱，

呼吸吧，我的魂，让你的易逝的韶光

对太阳长久地大大地开敞！

生活是美好的，苦与乐是美好的，

被风吹散的每片雪片都是幸福的，

我也幸福，我是万物的心脏，

我是大地和太阳的娇子，

在这一段时光，

在这一段欢笑的时光，

直到雪片被风吹得不知去向。

唱吧，我的心，今天是你的日子！

明天，当你死去时：

星星放光，你就看不到，

鸟儿歌唱，你就听不到——

唱吧，我的心，趁你的易逝的韶光

还在大大地放光！

给困难时期的朋友们

就在这个黑暗的时期，
亲爱的朋友，听我说句话；
不管人生是明是暗，
我决不把人生咒骂。

太阳之光和暴风骤雨，
是同一个天空的变相；
命运不管是甜是苦，
都可做我喜爱的食粮。

灵魂走的是曲折的道路，
要学习理解它的语言！
今天对它是痛苦的事，
明天会被它赞为恩典。

只有粗野者才会死亡，
神会教导其他的人
从卑贱中、从高贵中

养成富有感情的心性。

只有到达最后的阶段，
我们才能让自己安静，
那时，听到父亲的呼唤
我们一定能仰对天庭。

命运的日子①

当阴沉沉的日子来临，
世界冷冷地恶意地观望，
你胆怯地发现，你把信赖
完全寄托在你自己身上。

可是当你被逐出古老的
欢乐之邦，从自己身上
你却根据你的信仰
看到那些新的天堂。

对你似乎陌生而恶意的，
现在你感到是你自己的，
你用些新的名字称呼
你的命运而忍受一切。

要压倒你的那些威胁，

---

① 本诗献给罗曼·罗兰。

现在显得亲切，充满灵气，
它们是使者，又是向导，
领你走向更高的境域。

重读《画家诺尔顿》①

我又非常谦虚地叩你的门，
走进我所喜爱的园中徜徉，
在这里用我最敏锐的感觉
重吸我青年时代爱闻的花香。

我又恢复在我的青春时代
那种入迷的读书时刻的热忱，
但对于爱读的作品的真实价值，
从未像烦恼的如今感受之深。

如火的花朵和那甘美的热情
从寒洞之中用歌声向我唤叫，
以前令人忧伤的，变成神圣；
作品在招手，痛苦在学着微笑。

---

①　《画家诺尔顿》是德国诗人默里克（1804—1875）的长篇小说，写的是围绕一个画家发生的爱情悲剧。这是一部以歌德的《威廉·迈斯特》为榜样的教养小说（发展小说）。这部小说于 1832 年出版，后来他对初稿不满意，花了几十年时间修改，但第二稿终没有完成。

花、树、鸟

心啊，你在空虚中
独自寂寞地燃烧，
阴森的痛苦之花，
临深渊向你问好。

高高的忧伤之树
伸出它的枝条，
在树枝上面唱着
一只永恒之鸟。

痛苦之花寡言，
找不到什么字眼，
树木直长到云端，
鸟儿老唱个没完。

洛迦诺①之春

树梢在火海中摇晃，
在可亲的碧空里面，
一切都显得更加纯真、
更加清新地呈现在眼前。

登临多次的古老的石级
聪明伶俐地迎人上山，
从那映满阳光的墙边，
早花温柔地将我呼唤。

山溪流过绿水芹之间，
岩石滴水，太阳暖洋洋，
它们很乐意地望着我
把异乡的苦味遗忘。

①　洛迦诺在瑞士南部，马焦雷湖北端，气候宜人，为疗养胜地。

失去的音响

童年时有一回
我沿着草地徘徊，
在晨风之中
有歌声静静地传来，
蓝空中一声音响，
或是一阵香气，一阵花香，
香气很甜，音响
也很久很久
响彻整个童年时光。

我已不再记起——
直到现在这几天里，
我才听到它在我内心里
又暗暗地鸣响。
一切世界现在对我已无所谓，
我不想跟幸福人调换，
我只想听，
伫立着静听，
那芬芳的音响是什么情况，
它是否还跟当初的音响一样。

满树的花

桃树上面开满了花，
不是每朵花都结果，
在蓝天和浮云映照之下，
明亮得像蔷薇色泡沫。

思想也像花一般开放，
每天开上百来朵——
让它开吧！听其自然吧！
不要问结果如何！

我们也应有纯洁的消遣，
就像这繁花满树，
否则世界会显得太小，
生活也毫无乐趣。

震动

我杯中的酒突然间变得混浊，
我疲倦地坐着，不由向地面俯望，
感到心跳已停止，头发已变白。
我的酒友们在大厅里笑着喧嚷。

这时，窗子里出现青春的密友，
辉煌的月亮，像把大厅照得更宽敞，
在杯中和我的盈盈的眼泪中闪光。
我的酒客们更高声地欢呼歌唱。

我一小时一小时地徘徊，感到
远方的夏风吹在我滚烫的面颊上，
哼起从前我们在童年时代所唱的歌，
涌起了乡思，并且知道永不会再找到故乡。

孤寂的夜晚

在空瓶里和杯子里

摇晃着蜡烛的光辉；

房间里充满凉意。

外面，细雨温和地落在草里。

现在你又冷丝丝地

凄然躺下来作短暂的休息。

明天又会有夜晚来临，

周而复始地来临，

却永远见不到你。

战争第四年

尽管傍晚是阴冷而凄愁，
伴着淅沥的雨声，
我却在此时唱起我的歌，
不知道有谁倾听。

尽管世界在战争和恐惧中窒息，
在很多地方依然
有爱情之火暗暗地燃烧不歇，
纵然没有人看见。

回忆母亲

在风尘仆仆的尘世的路上，
我已匆匆地走了多时，
完全离开了你的姿影，
完全独自依靠我自己。

现在，我的目标骗了我，
我在异国歇脚休息，
四周漂着回忆的气氛，
我回到往昔之中作客。

世界已将我完全抛弃，
就在如此可悲的时期，
你在这儿，向我叙述
有关失去的乐园的故事。

我再也不信什么上帝，
这事已得到你的宽恕，
到头来，从黑暗的谷中，
我还回到你的去处。

走向孤独的道路

世界背弃你，
你曾喜爱过的
一切欢乐之火已熄灭；
黑暗从灰烬中逼来。

你被更强的手推着，
悻悻地沉潜到
你的自我之中，
你冷丝丝地站在死掉的世界里面。
从你身后，哭哭啼啼地飘来
失去的故乡的余音、
孩子们的声音和温柔的爱情的调子。

走向孤独的道路是艰难的，
比你意识到的更艰难，
梦幻之泉也已经干涸了。
可是相信吧！在你的
道路的尽头会出现故乡、
死亡和再生、
坟墓和永恒的母亲。

自白

可爱的假象，对你的戏法，
瞧我真甘心把一切放弃；
别人都怀有目标和目的，
我只要活着，就已经满意。

曾打动我的心意的一切，
我常感觉到生气勃勃的
那种无限者、那种唯一者，
我都把它们当作是比喻。

去阅读这种象形的文字，
总使我感到生存的价值，
因为，永恒的、本质的东西，
我知道，就在我的内心里。

通往内部之路

谁能找到通往内部之路，
谁能在热烈的钻进自我之中
曾预感到智慧的核心，
使他的心把神和世界
只不过当作比喻和象征：
那么，一切行动和思维，
就成为他跟包含世界与神的、
自己的灵魂之间的对话。

书

世界上的一切书本，
不会有幸福带给你，
可是它们秘密地叫你
返回到你自己那里。

那里有你需要的一切：
太阳、星星和月亮，
因为，在你内心里
藏着你所寻求的光。

你在书本里寻找了
很久的智慧，
现在从每一页里放光——
因为现在它们才属于你。

阿尔采纽附近

这条路上的葡萄蔓，我全熟悉，
我在通往隐修士茅庵的老路上走着，
羞怯的春雨零零星星地慢慢下着，
桦树的叶子在凉风中闪着微光，
潮湿的岩石反射出褐色的光辉……
哦，岩石，哦，小路，哦，风和桦树树叶，
你们显出多么古老的严肃的魅力，
你，纯洁的净土，你的优美多么羞怯地
暗藏到岩石和荒凉的多荫的峡谷的后方！
与此同时，从淡红的光秃的森林之中，
野生的樱桃树忘我地继续开它的花。

这里是我的圣地，这里，我曾有无数次，
在象征性的孤寂的峡谷之中，
走着自我内省的、寂静的道路，
今天我又重来，虽然心情有异，
可是还向着旧目标永远走不尽。
这里，像蝴蝶似的浮想飞舞不停，

这是我几年前在此地的岩石和金雀花中、

在太阳的气息和风雨之中捕获的思想之蝶——

收下我吧，石头、小河和桦树幽谷，

请再收下一颗敞开的心，

它别无他想，只想心甘情愿、感激地、

对你们的神圣的声音敞开它的心扉。

傍晚

傍晚来到，情侣们就去
郊野里缓步逍遥，
妇女们解开头发，
商人们数数钱钞，
市民们看最新的消息，
不安地阅读晚报，
孩子们捏紧小拳头，
疲倦地深深地睡觉。
人人按着高贵的义务，
干他唯一的正事，
乳儿们、市民们、情侣们——
难道我自己无所事事？

不然！我摆脱不了
我晚上要做的事，
它对世界精神也不可或缺，
它也有它的意义。
因此我走来走去，

内心里跳个不止，

哼着无聊的流行歌曲，

赞美上帝和自己，

我喝酒，梦想我就是

一位总督大人，

对肾脏感到担忧，

微笑着，更加痛饮，

对我的心完全同意

（明天决不如此），

我用过去的痛苦

戏诌成一首诗，

仰看星月在运行，

猜想它们的意义，

感到跟它们一起周游，

去哪里都可以。

死神老兄

有一天你也会来找我，
你不会把我忘掉，
那时痛苦就会结束，
锁链也会粉碎了。

现在你还显得陌生而遥远，
亲爱的死神老兄，
你像一颗冰凉的星辰，
照临着我的困穷。

可是有一天你将靠近我，
你将显得热情洋溢——
来吧，亲爱的，我在这里，
抓住我吧，我是你的。

世界，我们的梦

夜间，在梦中，城市和人群，
怪物，空中楼阁，
一切，你知道，一切
都从灵魂的黑暗处升起，
这些是你的造型，你自己的作品，
是你的梦境。

白天，去市里和街上走一通，
看看云，看看各个面孔，
你就会惊奇地理解，
它们是你的，你是它们的作者！
一切，在你的感官之前，
千姿百态，变幻得那样生动，
都是你的，来自你的心中，
都是你的灵魂摇动的梦。

通过你的自己，永远迈着步伐，
时而限制你，时而扩大，

你是发言者，也是听众，

你是创造者，也是破坏者。

被遗忘了很久的魔力，

编造神圣的谎语

不可测知的世界

靠你的呼吸存在下去。

从童年时代以来

从童年时代以来

曾预示给我幸福的声音

跟在我身后飘来——

没有它，生活就大大艰辛。

没有它的魔力的声音，

我就没有光明，

四周就只见黑暗和愁闷。

可是，从我获得的

痛苦之中，总会传来那种

充满幸福的悦耳的声音，

任何不幸和罪恶都不能使它消沉。

你，可爱的声音，

是我家中的光明，

永不要再熄灭，

永不要闭上你的蓝色的眼睛！

否则，世界就会丧失

一切可爱的光明，

大星小星都要坠落，

我也要感到孤零。

夜间的恐惧

时钟惶惶地跟墙上的蛛网讲话，

风吹打着百叶窗，

我的闪烁不定的蜡烛

全部滴落下来烧个精光，

杯子里没有余酒，

黑影在各处角落里

向我伸出长长的手指。

像童年时代一样，

我闭上眼睛沉重地呼吸，

我蹲坐在椅子里，完全吓坏。

可是不再有母亲进来，

也不再有善良的唠叨的女仆走来，

挽着我的手臂，亲切地解除恐怖世界的魔术、

用安慰之词给我打开一个新的世界。

我在黑暗之中蹲坐了很久时光，

听屋顶上的风和墙壁里嘎嘎作响的死亡，

听糊墙纸后面的尘沙流动之声，

听死神用冻僵的手指纺绩之声，

　　我张开眼睛，想看看他，抓住他，

　　我向虚空之中望着，听到他

　　远远地从嘲笑的嘴唇里轻轻吹起口哨，

　　我摸到床边——睡觉，真想睡觉！

　　可是睡眠已变成惊弓之鸟，

　　难以抓住、扣牢，却容易把它杀掉；

　　它发出尖叫，叫声充满尖锐的嘲笑，

　　鼓着瑟瑟的翅膀在烈风中飞去了。

蒙塔纽拉——波尔莱扎远眺

水彩画 印度墨水/1958/20.1×26cm

在蒙塔纽拉

水彩画/1922/23.7×29cm

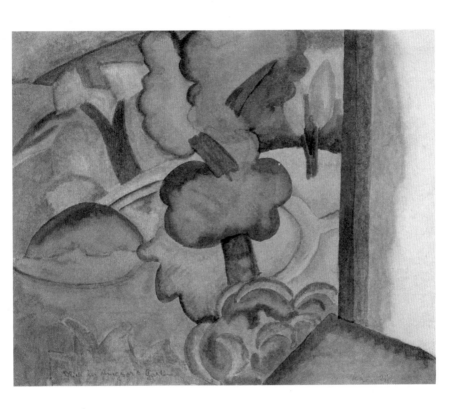

克林格佐尔花园一瞥

水彩画/1921/17. 3×21. 4cm

金字塔

水彩画/1920/18. 2×13. 8cm

1919 年至 1928 年

（四十二岁至五十一岁）

无常①

从我的生命树上，

落下纷纷的叶片，

哦，令人眼花缭乱的世界，

你多么令人腻烦，

你多么令人腻烦而厌倦，

你多么令人沉醉！

今天还很绚烂的，

不久就要萎谢。

不久，风就要瑟瑟地

吹过我褐色的墓冢，

母亲将弯下身子

俯向着小小的孩童。

我想再看到她的眼睛，

她的眼光是我的星。

让其它一切都消逝飘零，

---

① 本诗收入附有自作水彩画的诗文集《漂泊集》中。又被插入小说《克林格佐尔的最后的夏天》，作为主人公的朋友"杜甫"赠给克林格佐尔（"李白"）的诗。

一切都要死，死得甘心。
永远长在的只有
生我们的永恒的母亲，
她的轻松的手指在无常的风中
写着我们的姓名。

陶醉

在令人陶醉的夜里，

森林和远方向我弯下身子，

我呼吸碧空和冰冷的星光，

呼吸美梦的受伤的华丽，

哦，于是，醉醺醺的世界

像女人一样躺在我怀里，

在陶醉的痛苦中燃烧，

它的叫声刺得人入迷。

从最远的深处传来

野兽的呻吟、鼓翼的声音、

在海边度过的青春时代的

那些消逝的日子的余音、

献祭牲畜的叫喊、人的血、

火刑之死、修道院的僧寮，

一切都是我的血潮，

一切都是神圣而美好！

里里外外，上上下下，

什么东西都没有，

一切牢固的都要融化，

一切界限都已化为乌有。

星星在我的胸中运行，

叹气在天空中消灭，

一切生命的心和喜悦

燃烧得更加兴奋而多彩，

我欢迎任何陶醉，

我承受任何苦痛，

我发出祈祷，完全被迷住，

一同流进世界的心脏之中。

秋天

灌木丛中的鸟儿们，
你们的叫声是怎样
沿着发黄的森林飘荡——
快点，鸟儿们！

不久就有寒风吹来，
不久就有收割的死神到来，
灰色的幽灵就要来嘲笑，
笑我们的心冻僵，
笑花园失去一切华美，
笑生命失去一切辉光。

树叶中可爱的鸟儿们，
可爱的小兄弟们，
让我们歌唱，高高兴兴，
不久我们就化为微尘。

一切的死亡

我已经历过一切的死亡，

我要再经历一切的死亡，

树中的木头的死亡，

山中的石头的死亡，

砂中的泥土的死亡，

沙沙响的夏草的叶子的死亡

和可怜的、血淋淋的凡人的死亡。

我要重新出世变成花，

我要重新出世变成树和草、

变成鱼、鹿、蝴蝶和鸟。

憧憬会把我往上拖，

从每个形态拖到

最后的苦恼，

人类的苦恼。

哦，震颤的拉紧的弓，

但愿憧憬的发狂的拳头

想把人生的两极

弯到一处！

你将再有好多次、好多次

把我从死亡赶向诞生，

赶向形成的充满痛苦的道路，

赶向形成的辉煌的道路。

初雪

你已老了，碧绿的年华，
你的视力已衰，头发上已戴着雪花，
你的脚步已疲倦，拖着死神同行——
我要陪着你，跟你同归于尽。

心儿犹豫地走在战战兢兢的路上，
冬小麦在雪中惴惴不安地进入睡乡。
风已给我刮断不知多少枝杈，
那些疤痕现在就是我的铠甲！
我已经受过多少次惨痛的死亡！
新生是每一次死亡的酬赏。

欢迎你，死亡，你这黑暗的大门！
那边传来人生合唱的响亮的歌声。

房子、郊野、庭园篱笆

心爱的房子、心爱的庭园篱笆、

蜿蜒的道路、池塘、郊野和草地、

黄色的小山、红色棕色的田地，

满眼粗壮的电线杆子，

你们，你们将来也全都要消逝、

死去、霉烂、腐朽、消亡、

被割掉、被风吹得精光、

永远看不到可爱的太阳？

树木，我的朋友，你也要化为微尘，

还有绿色的百叶窗和红色的屋顶？

哦，今天还听到茎和叶子沙沙作响，

爱的酒杯今天还在满满地闪着酒光！

我要痛饮你们，请往我嘴里灌注，

我要变成草、湖和棕榈树！

我为什么要这样跟你们离分？

你们骗人？你们有幸福？有安宁？

那样可爱、热烈，痛苦地烧着的火，

那使我兴奋、夺去我的安宁的火，

难道只有我一人被它烧掉，

只有我饱尝时间、忧惧、死亡的烦恼?!

哦，你们默默地劝我，并不说出什么话：

忍受吧，画吧，做诗吧，活下去吧!

趁白日还没在你和我们面前消逝，

喝下我们，也让我们喝掉你!

葡萄园、湖和群山

湖啊，你让我沐浴，让我晒黑，
葡萄园，你的葡萄熟了，让我
在以后的夏天醉饮，
群山啊，你们像慈母的手臂保护我，
当我憧憬着投身遥远的世界。
森林啊，在你那里每夜有猫头鹰啼叫，
向我的内心进行有关无常的说教，
可是，我的心并不想死，
它定要长久地、永远地活下去，
因为，森林啊，总有一天，在早晨，
当露水还散发香气，我要让你
看一看我喜爱的最美丽的女性，
亲爱的森林啊，我对她说过这句诺言。

被截短的橡树

树啊，你怎么被人们截短，
看上去多么异样而离奇！
你吃过多少次的苦头，
直到你内心只剩有反抗和意志！
我像你一样，过着挨剐的、
受苦的生活，但不灰心，
每天忍受野蛮的对待，
又重新抬头面向光明。
我内心里的温良和柔情，
被世人嘲笑，断送个干净，
但我的本性破坏不了，
我不记仇，满足而耐心，
从受尽千刀万剐的枝头，
又把新叶子长了出来，
我顶住一切烦恼忧伤，
依旧热爱这疯狂的世界。

冬日

哦，今天的阳光
映照在雪中多美丽，
哦，蔷薇色的远方映照得多柔和！——
可是，这不是夏季，不是夏季。

你，我的歌无时不在向你倾诉，
遥远的新娘的姿态，
哦，你的友谊发出多柔和的光辉！——
可是，这不是爱，不是爱。

友谊的月光必须很久地照耀，
我必须很久地站在雪中，
直到有一天你同天空、山和湖，
深深地燃烧在爱的炎夏的火中。

南国之夏

开花的栗树，黄昏的树林，

酒杯在温暖的晚风中叮当碰响，

新月挂在树叶间，我们在林中悄悄痛饮——

我们的葡萄酒向黑暗的天空发光。

我们这些短命的花顺着夏季放出光华：

恋人，让我饮吧，女友，你也饮吧！

我们这些热恋者，向夏夜之歌

挥动我们的灼热的夏季火把。

哦，猫头鹰的啼叫，哦，夜的黑暗的心，

你，在明媚的夹竹桃中飞舞的夜蛾，

弟兄啊，我们合在一起焚身，

我们是献给众神的幸福的供品。

高歌吧，生与死的歌唱，

酒杯叮当，我们的时刻火势多旺！

恋歌

我是雄鹿，你是小鹿，

你是鸟儿，我是树，

你是太阳，我是雪，

你是白天，我是梦。

夜间从我睡着的嘴里，

飞出一只金雀，飞到你身边，

它鸣声嘹亮，羽色斑斓，

它对你唱一首爱情的歌，

它对你唱一首我的歌。

病人

我的生命像轻风吹去，

我独自躺着，睡不着，

月牙儿挂在我的窗口，

看望我在干些什么。

我躺着，老是觉得怕冷，

像室内有死神驾到——

心啊，你跳得如此不安，

你是否依旧在燃烧？

我轻轻地唱起歌来，

歌唱那月白风清，

歌唱雄鹿和天鹅，

歌唱玛利亚和圣婴，

人们唱得出的一切歌，

都浮现在我的脑里，

星和月亮都走了进来，

森林和小鹿进入我心里。

一切痛苦和欢喜

都在我闭紧的眼后消逝，

再也无法区别得出来，

一切很甘美，一切在燃烧，

我在哪里，自己也不知道，

嘴唇发白、嘴唇泛红的妇女们走来，

像蜡烛一样被爱火烧得闪闪晃晃，

她们之中有一位名叫死亡。

哦，她灼热的眼光是怎样吸啜我的心！

众神张开他们的老眼，

打开他们秘密的天国，

笑的天国，哭的天国，

又使他们的星急速旋转，

让一切日月大放光明。

我的歌声逐渐微弱而消沉，

睡眠从天国的中央降临，

沿着众神的世界，

在星星的轨道上徘徊。

他的脚步像踩在雪上……

我对他有什么要求……？

我受的痛苦都已消逝，

不再有什么使我发愁。

三月

在布满绿枝的斜坡之上
已经传出紫罗兰的声息，
只有沿着黑森林那边
还留有尖舌似的残雪。
可也一滴一滴地融化，
被那干渴的大地吸尽，
在青苍色的高空移动着
羊群似的映日的浮云。
燕雀的唤声在灌木中消隐：
人啊，你们也唱吧，相爱吧！

恋歌

我愿我是一朵花，
让你悄悄来摘下，
放在你的手心里，
当你自己的东西。

我也愿做红葡萄酒，
甜甜地流过你的咽喉，
完全进入你身体里面，
使你和我都非常康健。

病中

欢迎你，黑夜！欢迎你，星星！

我渴望睡眠，我不会再醒，

我不会再想，不会再哭笑，

我只是想睡觉，

睡上一百年，一千年，

不管上空星移斗转；

我母亲知道，我是多么疲乏，

她微笑着俯下身来，露着星星白发。

母亲，永远别让天亮，

别再让白天来到我身旁！

它的白光是那样含有敌意，那样坏，

我简直说不出来。

我走过那么多的路，又热又长，

我的心已完全烧伤——

黑夜啊，给我开门，领我去死亡之乡，

我没有别的愿望，

我已经一步也不能走，

死亡母亲，给我伸出你的手，

让我对你无穷尽的眼睛凝望！

生活的中庸

有一天，心啊，你将休息，

到达你的最后死亡的那天，

你将走进沉寂之中，

进入没有梦的很熟的睡眠。

它常常从金色的黑暗中招呼你过去，

你常常盼望它，

这遥远的海港，当你的小船

在海上受到一阵阵狂风的吹刮。

可是现在，你的热血

还在狂涛上通过行动和梦将你摇荡。

心啊，你还在生活力的火焰中燃烧。

从世界树的高枝上

果实和蛇以甘美的强力诱惑你，

诱往愿望和渴想、罪孽和喜悦，

无数声音高唱的歌

通过你胸中唱出优美的虹彩般的乐曲。

爱情游戏，这欢乐的原始森林，

邀请你进入喜悦的痉挛，

在那儿做醉客、做野兽、做神，

兴奋、疲倦，没有目标地震颤。

艺术，这静静的魔女，

以醉人的魔术把你拉进她的圈子里面，

在死亡和苦恼上面涂上彩色的雾霭，

使痛苦变成欢乐，使混乱变成和谐。

精灵引诱你上升，参加最高的游戏，

他让你面对着星星，

让你成为世界的中心，

把你周围的万有安排成合唱队；

向你指出从动物和原形质一直到你的

世世代代来历的痕迹，

使你成为大自然的最后的终点，

然后，他把黑暗的门打开，

阐明神祇，解释精神和冲动，

指明怎样由他那里展开感觉世界，

而无限者怎样总以新的形态出现，

让你对这个世界，经过他戏弄成浮泡以后，

才重新觉得可爱，

因为正是你，梦想着这个世界、神和万有。

血和冲动完成恐怖之举的

那些阴暗的通道，

也有道路可以通行，

在那由不安进入陶醉、由爱进入凶杀、

犯罪在冒烟、疯狂在白热化的场所，

没有区分梦与行动的界石。

所有这许多道路你都可以走，

所有这些游戏你还可以玩上一番，

而且你将看到，每一条道路后面，

还有新的道路，更具有诱惑力。

财产和黄金，多好！

轻视财产和黄金，多好！

看破这个世界，多妙！

强烈追求这世界的魅力，多妙！

上升到神的境界，退回到动物世界，

到处都有幸福短促地闪烁。

来此处，去彼处，做人，做动物，做树！

世界的多彩的梦无穷无尽，

一扇扇门向你敞开，也是无穷无尽，

从每扇门里传出人生的充实的合唱，

从每扇门里，都有短促的幸福、

短暂的清香引诱你，呼唤你。

如果你感到不安，那就看破吧，修修善德吧！

登上最高之塔，跳下去吧！

可是要记住：无论在哪里，你都不过是过客，

在悲欢中是过客，就是在坟墓中也是过客——

你还没休息好，又把你重新吐出，

吐到诞生的永远的洪涛里。

可是在无数道路之中，却有一条，

易于预感到而难以找到，

它用一步衡量一切世界的领域，

它不再骗人，它到达最后的目标。

在这条路上使你获得认识：

死亡决不能加以破坏的你的最深处的自我，

只属于你，

不属于只听信名字的世界。

你过去所走的漫长的路是迷路，

被莫名的迷误拘住的迷路，

尽管奇迹之路总是离你很近，

你怎么竟会如此长久地盲目行走，

你怎么竟会碰到这种魔术、

使你的眼睛从没看到这条道路?!

如今，魔术之力消失了，

你醒悟了，

你听到远远的合唱之声

从迷误和感觉的谷中传出，

你安静地从外部

转向你自己的内部。

然后，你将休息，

将安就最终的死亡，

走进沉寂之中，

进入没有梦的黑甜乡。

梦见你

常常，当我上床就寝，
等我眼睛闭起来，
雨用潮湿的手指叩着窗板，
那时，你就向我走来，
像苗条的迟疑的小鹿，
从梦乡悄悄地来到我身旁。
我们一同漫步，或者游泳，或者飞翔，
穿过森林、河川、喋喋不休的兽群，
穿过星星和闪着虹光的浮云，
我和你，在中途往故乡同游，
大千世界的千姿百态围在我们四周，
时而在雪中，时而在炎炎的阳光里，
时而分离，时而又靠在一起，
我们手拉着手。

早晨来临，梦影消逝无踪，
它深深地沉入我的心中，
它在我心里，却已不属于我，

我郁郁寡欢，默然开始白天的生活，

可是，我们还在某处走动，

我和你，置身在纷纭的万象之中，

狐疑地穿过充满魅力的人生，

它使我们眼花缭乱，却骗不了我们。

给我的姐姐 │ *病重之时*

我在每一处地方，
多么陌生而迷惘，
我离开我的故乡，
走到遥远的歧路上。

我所熟悉的花儿，
那些重重的青山，
那些人物和土地，
都已经完全改变。

只有从你的嘴里，
我听到往日的声音，
获悉往日的事情，
像神话一样可亲。

在双亲等我之处，
善良的园丁死神，
很快要将我领去，
进入花园的黄昏。

某处

我灼热地走过人生的沙漠，

在我的重负之下呻吟，

可是在某处几被遗忘的地方，

我知道有繁盛的花园，凉爽而多荫。

可是在梦中遥远的某处，

我知道有一处休息的场所等着我，

让我的心灵在那里再有个故乡，

我知道有睡眠、黑夜和星在等我。

献给一位少女

在一切鲜花之中，

你是我最喜爱的，

你口中的呼气甜蜜、像孩子的一样，

你的眼光盈盈含笑，充满天真，充满喜悦。

花啊，我要把你带进我的梦中，

那里，在五彩缤纷的、

发出歌声的、充满魔力的草木之间

有你的香巢，你在那里永不凋零，

你的青春，在我心里的爱情诗中，

永远继续开花，散发出深情的香气。

我认识许多女性，

我苦恋过许多，

也伤过许多人的心——

如今在临别之时，我通过你

再一次对一切优美的魔力，

对青春的一切可爱的魅力致敬。

在我秘密的诗歌的

梦的花园里，

我要把给了我许多厚赐的你，

微笑地、感谢地列入不朽者之中。

荒原狼①

我，荒原狼，奔跑，奔跑，

世界全被白雪盖住，

从桦树上飞起乌鸦，

可是，哪里也没有一只兔子，一只鹿！

我多么喜爱小鹿，

如果我能发现一只！

我将咬住它，抓住它，

这是世上最好的东西。

这种可爱的东西，我打从心里喜爱它，

我要把它的后腿嫩肉吃个大饱，

把它的鲜红的血喝个痛快，

然后在整个一夜孤寂地咆哮。

甚至有一只兔子我也满意，

夜间吃它的温暖的肉，味道真好——

那些使我的生活变得快活些的东西，

---

① 《荒原狼》是黑塞的一部小说，描写一个中年艺术家的危机。主人公哈里·哈勒尔自称荒原狼，是一只"迷了路来到我们城市里，来到家畜群中的荒原狼。"本诗是插入该小说中的一首诗。

一切一切，难道都让它们跑了？

我尾子上的毛已变得灰白，

我的眼睛也已经看不清楚，

我的爱妻在几年前已经死去。

如今我奔跑着，梦想碰到小鹿。

奔跑着，梦想碰到兔子，

听大风在冬夜里狂吹，

用雪润润我焦渴的嘴，

把我可怜的灵魂交给魔鬼。

永生者①

从尘世的深谷之中不断地
向我们升起人生的纷纭扰攘；
激烈的困苦，迷人的五花八门，
无数临刑前一餐的血腥的醉意，
快感的痉挛，无止境的欲望，
凶手、放高利贷者和祈祷者之手，
饱受不安和快乐鞭笞的人群
沉闷、腐臭、粗野、暖热地涌来，
他们流露出幸福和狂暴的情欲，
把自己吞了下去又吐了出来，
策划战争，酝酿优美的艺术，
用迷妄点缀那热情如火的妓院，
以童年游逛年市的喜悦心情
过着吃喝玩乐的荒淫的生活，
刚刚从浊浪之中重新升起，
不久又总有一天化为粪土。

---

① 本诗也是插入小说《荒原狼》中的一首诗。

我们却与此相反，在星光照耀的
冰洁的天空中找到我们自己，
我们不知道什么日子和时辰，
既非男，也非女，不年轻，也不衰老。
你们的罪恶和畏惧，你们的凶杀和
淫荡的欢乐对我们只不过是
平凡的景象，就像那循环的太阳，
每一天对我们都是最长的日子。
对你们战栗的生活悄悄地点点头，
对那些旋转的星辰悄悄地凝望，
我们吸入宇宙空间的冬天，
我们跟天龙成为亲密的朋友；
我们永远的存在清凉而不变，
我们永远的笑清凉而像星一样明亮。

在旅店房间里生病

隔壁房间的绅士好像颇有点神经质，
他跟服务员说话，声音显得苦楚而有怒气。
可怜的家伙，我确实很能了解他，
但他变得讨厌了——让他见魔鬼去吧！
当我用痉挛的手涂写我的诗、
等待烤面包和牛奶送来之时，
我听到开上开下的老是不停的电梯声音，
从楼梯间里，像吹在干燥的赤松树间的东风，
时时刻刻传来吸尘器的声音。

这时，服务员进来了，递给我一张名片：
"楼下有位先生等着，一定要见您面谈。"
我摇摇头——让他等得腿发酸吧！
生活很不容易，保持耐性也很难，
连十行诗句也不让我安心写下。
牛奶送来了，扔进两颗药丸，
问我还要什么，然后又留下我一人。
我觉得蛮好。可是在隔壁房间里
那位神经质的绅士确实还在骂个不停。

客来

有人敲门。服务员进来。我惊讶地听说：

来了客人！我倒有点打不起精神。

可是，瞧啊——幸福真是变幻莫测——

是我的朋友路易①和他的美貌夫人！

他开汽车来，来自苏黎世、巴黎，

依旧不安定地漫游世界，

他对我大谈其布拉克②和毕加索，

在马达声中，显得活泼愉快，

带来巴塞尔、苏黎世的友人的问好，

依旧认为法国是天堂，

他衷心劝我到那里去走一趟，

因为那里没有德国式的疑难问题存在。

可是他说，在最近几天里，

如果没什么耽误，就要开车

前往西班牙，也许要在那里作画，

① 路易，瑞士画家，黑塞之友。在小说《克林格佐尔的最后的夏天》中以残暴者路易的形象出现。

② 布拉克（1882—1963），法国画家。跟毕加索共同致力于立体派画风的建立。

他邀请我：一同去吧！可是我最近，

连起床和穿衣都不方便，

都会感到疼痛和头晕。

啊，路易！我听你说话，真高兴。我的病室，

听到你这可爱的鸟儿歌唱以后，不再是墓穴，

世界还存在，依旧在游乐欢笑——

可喜的消息听起来多么奇妙！

这时，他夫人静静地、愉快地、默默地

微笑着听我们闲聊，我不知道，

十五分钟时间，平时是那样漫长，

现在却像音乐一样很快地过去了。

我们互相握手，笑着，他们走了，

门关上了。再见！再会了？

编辑部的来信

"您的感人的诗给我们留下
很深的印象，我们非常感谢，
令我们衷心遗憾的是：它对
我们的刊物似乎不太合适。"

几乎是每天，都有某某编辑部
寄来这种信。一封封积满一堆。
时节已到秋天，漂泊的浪子
清楚地感到，他到处无家可归。

我只是为自己无目的地写诗，
对着床头柜上的台灯朗读。
或许台灯也并不仔细倾听。
但它放光而沉默。我也就满足。

提契诺的山村——科利纳多罗

水彩画　印度墨汁/1924/ 21.5×17cm

蒙塔纽拉的卡萨博德默

水彩画　印度墨汁/1932/7.5×9cm

去蒙塔纽拉卡萨博德默的小路

印度墨汁/1934/28.1×20cm

蒙塔纽拉的卡萨博德默一瞥

素描/1931/17.3×25.7cm

1929 年至 1941 年

（五十二岁至六十四岁）

夏夜的挂灯

一排排多彩的挂灯暖人地
在黑暗、凉爽的园中飘荡，
从那些繁茂的树叶之间
送出柔和的神秘的光。

淡黄色的一只在微笑，
还有红的、白的，多肥胖，
蓝的一只像个月亮，
又像精灵，栖在树枝上。

一只突然间烧了起来，
火势熊熊，烈焰腾空……
姐妹们在暗暗地发抖，
微笑着，等在一旁送终：
月样蓝，酒样黄，丝绒般鲜红。

早来的秋天

已经闻到枯叶的强烈的气味，
麦田望上去全是空空如也；
我们知道：再来一次暴风雨，
疲倦的夏天就变得面目全非。

金雀枝荚壳裂开。我们在今天
以为掌握在我们手里的一切，
会突然变得遥远，像神话一样，
花儿也都会奇妙地茫然若失。

受惊的心中不安地萌发出愿望：
愿它对生存不要过分执着，
愿它也体验树木一样的枯萎，
愿它的秋天不缺乏色彩和快乐。

夏天傍晚，在提契诺①的森林酒店之前

悬铃木的树干上还闪着日光。
蓝天还从拱形的高枝间窥看，
映在葡萄酒里面。在森林之中
有个看不清的妇女跟子女闲谈。
从谷中的村庄里传来喧闹的
星期日音乐，演奏得非常卖力；
外边，在斜照的太阳光之下，
夏季的世界还飘着强烈的暑气。

这里，却有林叶和岩石的呼吸，
飘来修道院的纯洁和下班的喜气，
给一块面包和凉爽的酒杯
虔诚地添上美梦一般的魔力。
路边的蕨类发出强烈的香味，
森林里的睡鼠已经醒来，
最初的蝙蝠穿过交错的树枝，

① 提契诺为瑞士东南部的州名。

追捕它的猎物，飞去飞来。
白天在一阵阵响声、一道道光辉里
消逝了，像慈母般慰人的夜色，
又重又浓地从树木之间涌出，
发出树脂和蜂蜜的清香的气味。

我们借以理清世界的名字，
也随着白昼的消逝而销声匿迹：
悬铃木、枫树、桦树、岩石、房屋，
都合而为一，丰富多彩的一切，
全都忘我地回到母亲的怀中，
沉入儿时的模糊的喜悦之中。
野草和蘑菇在担心，灰林鸮在啼，
树木的杂乱的叶子露出了醉意……

无常散发出多么幸福的香气！
精神多么渴念血，白昼多么盼望黑夜！

回忆克林格佐尔的夏天①

自从热衷于克林格佐尔的夏天，

我跟他共度那些暖热的夜间，

陶醉于醇酒和妇女，唱他热狂的

克林格佐尔之歌，已过了十年。

如今的夜晚多么异样而无聊，

多少日子就这样静静地过去！

即使有魔术语言再给我带来

以往的陶醉——我也不再感兴趣。

时间的飞轮再也不会向后转，

悄悄地忍受血中的慢性之死，

不再妄想难以想象的一切，

如今，这就是我的智慧和心意。

常常有另一种幸福，新的魔术

---

① 黑塞于 1920 年发表小说《克林格佐尔的最后的夏天》主人公克林格佐尔是一位画家。

摄住了我：它就像一面镜子，

星星、众神、天使映照在其中，

就像月亮映照在莱茵河里。

亚伯死亡之歌

亚伯①躺在草地上死了，
哥哥该隐逃走了。
一只鸟儿飞来，把嘴浸在
血里，惊慌地飞掉。

鸟儿在世界各地飞逃，
它胆怯地飞，它尖声喊叫，
它发出无穷的叹息：
哀叹俊美的亚伯和他死亡的痛苦，
哀叹阴险的该隐和他心中的忧伤。
哀叹它自己年轻时的日子。

该隐很快发出一箭射中鸟儿胸部、
他很快要把争吵、战争和死亡
带进一切茅屋和城市，

---

① 亚伯和该隐都是亚当的儿子。亚伯牧羊，该隐种地。耶和华看中亚伯和他的供物。该隐怒，遂杀其弟。见《创世记》第四章。

要制造敌人而将他们打死，

要对敌人和自己极端憎恶，

要把敌人和自己追得走投无路，

加以折磨，直到来世的夜间，

直到该隐终于自寻短见。

鸟儿在飞逃，从它血淋淋的嘴里

发出死亡的哀叹，传遍整个人世。

该隐听到，死去的亚伯听到，

天下有成千的人都听到。

可是有万人或更多的人，却不去听，

对亚伯之死，他们什么也不想知道，

不想知道该隐和他心中的烦恼，

不想知道从无数伤口里涌出鲜血淋淋，

不想知道那在昨天还发生、

而现在却在小说中读到的战争。

对于他们，满足和欢快，

强者和野蛮者，

并无什么该隐和亚伯、死亡和灾害，

他们赞美战争，称之为伟大的时代。

如果叹息的鸟儿飞了过来，

他们就叫它是悲观者和厌世者，

觉得自己是强者，永胜不败，

还向鸟儿投掷石块，

直到它默默无声地离开，

或者奏起音乐，让人听不到鸟儿的叫声，

因为鸟儿的悲啼打扰了他们。

嘴上沾着小小血滴的鸟儿

从一个地方飞到另一个地方，

它哀悼亚伯的悲叹继续传遍四方。

耶稣和穷人

你死去了，基督，亲爱的兄弟，
可你为他们而死的那些人在哪里？

你为一切罪人的苦难而舍命，
你的肉体变为神圣的面饼，
教士和义人都在星期日吃圣餐，
我们饥饿者在他们门口讨饭。

我们不吃你所授予的圣餐，
由胖教士切开、分给饱汉；
随后，他们去敛钱、打仗、杀人，
谁也没因你而成为幸福的人。

我们穷人，我们走你的道路，
向困苦、耻辱和十字架走去，
别人吃完神圣的晚餐往家跑，
邀请教士去吃烧肉和蛋糕。

基督兄弟，你白白吃了苦头——
请答应饱汉向你提出的要求！
我们饥饿者不求你什么，基督；
我们只爱你，因为你是我们当中的一个。

蓝蝴蝶

一只小小的蓝蝴蝶，

风吹得它摆摆摇摇，

一阵珠母似的骤雨，

闪耀着，闪烁着，消逝了。

就像这样地飘过，

这样倏忽地闪耀，

我看到幸福向我招手，

闪耀着，闪烁着，消逝了。

九月

花园在伤心，
阴凉的雨落到花里。
夏天在发抖，
悄悄地面向他的死期。

从高高的槐树枝头
掉下金色的片片叶子。
笑对着临终的花园之梦，
夏季显得惊奇而无力。

他还在蔷薇花旁
停了多时，寻求安静。
他终于慢慢地闭上
变得疲倦的大大的眼睛。

亲爱的痛苦

可怜的姐妹们，亲爱的痛苦，
你们不也是上帝所施赠？
可是任何人都不要你们。
还是到我的心里来居住！

要获得世间一切的欢快，
我贪婪地走了出去，
却遭到劫夺，备受欺愚，
囊空如洗而疲倦地回来。

我曾经那样瞧你们不起，
祝福你们，亲爱的痛苦，
我曾多次跟你们相遇，
现在把我紧裹在黑暗里！

你们的烈火热烈地穿过
我血液的阴暗的洪波，
它们被你们吸了上来，
气透得更深，花开得更美。

给尼侬①

当我的生活一片黑暗，
注定在外面匆匆奔忙，
一切都充满闪烁的火花，
你却愿意守在我身旁，

你说在人事倥偬之中，
懂得保守中庸的道理，
这使你和你的爱情
成为我的善良的天使。

你从我的黑暗之中
窥到隐藏的命运之星。
你用你的爱使我想起
我的生命的甘美的核心。

---

① 尼侬（1895—1966），奥国艺术史家。1927 年起跟黑塞共同生活。1931 年 11 月 14 日
跟黑塞结婚，成为诗人的第三个妻子。

我知道这一种人

不少人深深地怀着一颗童心，
从不把它的魔力完全拆穿；
他们生活在梦幻的盲目之中，
从不学习去说日常的语言。

要是有灾祸临头，突然把他们
唤回到白日的现实，那就好苦！
从梦中和童稚的信赖中被赶出，
他们会茫然凝视人生的恐怖。

我知道这一种人，他们越过
人生的一半，才被战争唤醒，
从那以后，像受惊吓的梦游人，
对人生感到恐惧，战战兢兢。

就像是：在这些绝望的人们之中，
人类是那样颤抖，那样羞愧，
想要意识到沾满鲜血的大地，
意识到他们的残酷和灵魂的逃避。

悼一个幼孩之死

现在你已经走了，孩子，
对人生什么也没体验，
而我们老人，还被囚禁在
我们的衰败的岁月里面。

透一口气，看上一眼，
尝尝尘世的风和光辉，
对你已足够，已吃不消；
你入睡了，不再醒来。

也许在一息一瞥之中，
整个浮生的一切面貌、
一切把戏都被你看到，
你大吃一惊，缩回去了。

也许，我们有一天，孩子，
眼睛昏黯，我们会感到，
要是没看到比你，孩子，
所见的更多，那才更好。

听到一位友人的死讯

无常的一切迅速凋零。

干枯的岁月迅速飞逝。

看似永恒的星星露出嘲笑的眼光。

只有在我们内部的精神

可能无感动地观看戏文，

不加嘲笑，也没有哀伤。

什么《无常》和《永恒》，

对它都是完全一样……

可是心儿

却反其道，在爱火中燃烧，

这枯萎的花，献身于

无止境的死的叫唤，

无止境的爱的叫唤。

耶稣受难日①

多云的日子，林中还有雪，
光秃的枝头乌鸫在歌唱：
春天的气息不安地飘摇，
洋溢着欢喜，笼罩着忧伤。

一丛番红花，一窝紫罗兰，
渺小而沉默，开在草丛里，
它们腼腆地，不知为什么，
散发死亡和节日的香气。

树木的芽苞暗含着泪水，
天空是那样凄沉，那样低，
所有的花园，所有的小山
都是各各他②和客西马尼③。

---

① 复活节前的星期五；耶稣被钉死在十字架上的纪念日。
② 耶路撒冷附近的小山，意为髑髅地。耶稣受难之处。
③ 耶路撒冷近郊橄榄山麓的花园，耶稣被捕之处。

迁入新居①

从娘胎里出世，
注定要腐朽在土中，
人在世上感到莫名其妙；
对群神的回忆还掠过他们的早晨的梦。

他们于是离开神，转向大地，
勤勤恳恳。对不安定的生活的
来源和目标感到羞耻和畏惧，

就盖住房，装饰一新，
粉刷墙壁，充塞橱柜，
邀友欢宴，并在门前
种上可爱的含笑的花。

———————————

① 黑塞曾在博登湖畔的加恩贺芬建一新居，地颇幽静，可眺望湖光山色。后于 1912 年卖掉。

春天的说话

每个孩子都懂得春天所说的话：
活下去，生长吧，开花吧，希望吧，爱吧，
高高兴兴吧，抽出新的嫩芽，
豁出去，对生活不要惧怕！

每个老人都懂得春天所说的话：
老人啊，让你被人埋葬吧，
给生气勃勃的孩子们让位吧，
豁出去，对死亡不要惧怕！

东方朝圣

流落在世界上，跟十字军失去联系，

在时与数的不毛的沙漠里面

漂泊着许多弟兄，远离开他们为之

奋战、忏悔的崇高目标，惴惴不安；

可是，虽受沙漠酷热的炙烤，他们

还常预感到他们梦乡中的棕榈海岸。

各个城市和广场上的成群的孩子

将对他们这些漂泊者无情地嘲笑，

可是，就像假死的巨像门农①那样，

东方日出之光会让他们发出吟啸。

他们这些堂吉诃德，对远方的

魔术城堡和美丽的妖女们微笑。

在民众的嘲笑和殉教者的血泊之间，

---

① 门农为曙光女神之子，埃塞俄比亚国王。在特洛亚战争中死于阿喀琉斯之手。希腊人把埃及法老阿墨诺菲斯三世的巨大雕像（在忒拜附近）称为门农。该像在日出时发出像竖琴一样的音声，据说这是他向他的母亲曙光女神请安。

不论在哪里，经常有一个男孩
抬起眼睛着迷地仰望堂吉诃德，
弯下身子，对上帝发出誓言，
加入朝圣的队伍前去将圣墓朝拜。

暴风雨后的花

像姐妹般，全朝着一个方向，
它们在风中低着头，滴下水珠，
依然畏怯地觉得昏昏糊糊，
有些柔弱的折断了，趋于灭亡。

尽管还昏眩胆怯，它们慢慢地
又向可爱的日光把头抬起，
像姐妹般，敢发出最初的微笑：
我们还存在，没有被敌人吃掉。

这景象使我想起好多时光，
我在阴暗的生涯里昏昏糊糊、
从黑夜和不幸之中找到出路，
走向我所爱戴的明媚的光。

大伏天①

在干瘪的金雀枝的斜坡上，

变黄的石头里，金色的尘埃里，

发黄的槐树的叶子之中，

夏天是多么强烈地发挥

它的热力而自我燃烧！

干枯的荚壳里爆出黑色的果核，

日暮时，星星像过分成熟，

沉重地吊在天空上面，

天空像发高烧时的脉搏的跳动，

像孕育着一场雷雨在沸腾。

在生命还处于愉快的战栗之中

湿润地、嬉戏地流动之处，

夏天气喘吁吁，拼命地

登峰造极。它不想这样持续下去，

---

① 原文直译为"犬的日子"，即天狼星逼近太阳的日子，时间约为 7 月 24 日至 8 月 23 日。

它渴望陶醉，渴望牺牲的幸福，

死神叫唤它：骑着瘦马

在夏天前面疾驰，不管大地

耗竭、凋零、烧焦。

叶子和草叹息地舒展，

发出沙沙的声响和杯子的叮当之声。

夜雨

我听着雨声入睡，

我又被它吵醒，

我听着，感受着，

夜间尽听到潇潇的声音，

又湿又冷的无数的声音，

如私语，如笑，如呻吟，

我出神地听着纷纷的

像流动似的柔和的声音。

在那些骄阳肆虐之日的

严酷、干枯的一切声响之后，

雨的温和的叹息是多么可亲，

多么含有喜悦的忧戚之情！

也就像这样，从那不管装得

多么冷淡的，傲慢的胸房里面，

也会有一次涌出啜泣的

天真的愉快，眼泪的可爱的清泉，

流着，诉说着，解除魔咒，

　　使哑口的也会开口，

　　给新的幸福和哀伤

　　开辟道路，使心灵舒畅。

盛夏

蓝色的远处已经放晴，
照亮得像神仙世界，
那种可爱的迷人色调，
只有九月能创造出来。

成熟的夏天，一夜之间，
就要抹上节日的色彩，
因为万物已功成圆满，
情愿告别这个世界。

心啊，摆脱时间的束缚，
摆脱你的一切忧烦，
你要准备振翅飞翔，
飞向你所盼望的明天。

枯叶

每朵花都要结成果实，
每天早晨都要变夜晚，
除了变易，除了流逝，
世上没有什么永远。

即使是最美丽的夏天
也总将感到凋零和深秋。
树叶啊，请你耐心忍受，
如果风想要把你带走。

干你的游戏，不要抗拒，
一切听其自然吧。
让那摘下你的风
把你吹送到老家。

思索

精神是像神一样的，永远的。

我们是它的化身和工具，我们的道路

通往精神；我们内心的憧憬就是：

变得像精神一样，在精神的光辉中闪耀。

可是我们被创造成无常者、必死者，

我们这些创造物承受着迟钝的重压。

虽然大自然亲切地像慈母般温暖地疼爱我们，

大地给我们哺乳，提供摇篮和坟墓让我们安睡；

可是大自然却不给我们安宁，

不灭的精神的火花

冲破大自然的母亲似的魔力，

像父亲一样，使孩子变成大人，

抹去天真纯洁，唤醒我们的斗志和良心。

就这样，创造物的最脆弱的孩子

在母亲和父亲之间、

在肉体和精神之间踌躇，

人类，这战栗的魂，跟众生不一样，

能忍受痛苦，能完成至高无上之举：
具备信仰和希望的爱。

人类的道路很难行，罪与死是他的食饵，
他常在黑暗中迷路，他常常觉得
如果没有被创造出来，那就更好。
可是在他的头上永远闪烁着他的憧憬，
他的使命：光和精神。
我们感到：永生之神怀着特别的爱
爱护他、陷于危险境地的人类。

因此，对于我们这些迷惘的弟兄们，
即使在不和睦时，爱也是可能的，
不是审判和憎恨，
而是有耐心的爱，
有爱心的忍耐
引导我们更接近神圣的目标。

　　　　　　　　　　　　　　1933 年

为一部诗集所作的献诗

1

尽管不再有洋溢的感情，

尽管轮舞中已听到秋声，

我们却不愿闷声不响，

早先唱过的，后来还要唱。

2

我曾经写过很多的诗，

留下的虽寥寥无几，

却依然是我的梦和游戏。

秋风在摇撼着树枝，

生命树的多彩的叶子

飘摇着迎接收获的节日。

3

叶子离开了树枝，

歌儿从浮生之梦里

轻易地吹散掉了；
自从我们在当初
唱那些轻柔的歌曲，
许多事都过去了。

歌儿的生命也不长，
难免要成为绝响，
风会把一切吹去，
不管是花是蝴蝶，
一切不朽的东西
都是无常的比喻。

悲叹

我们没有被赋予存在。我们只是流动，
我们乐意流进一切形体里：
在白天，在夜里，在洞中，在教堂里，
我们穿过去，受到渴望存在的驱使。
我们就这样充满了各种形体，无休无止，
任何形体都没成为我们的幸福、困苦、故乡，
我们总是在半路上，我们总是作客，
没有田和犁召唤我们，没有粮食为我们生长。

我们不知道，上帝对我们有什么想法，
他播弄我们，我们是他手中的粘土，
粘土是无言的，可塑的，不笑也不哭，
它也许被捏过，却从未被放进窑里烧过。

几时能凝固成石头！几时能持久不变！
我们永远憧憬着要达到这个目的，
可是留给我们的永远是不安的战栗，
我们在我们的路上却从未得到休息。

可是我们却暗暗地渴望……

我们的生命，仿佛女妖的生命，
优美、缥缈、阿拉伯花纹般柔软，
好像在曼舞之中围绕着由我们
以存在和现实献祭的虚无旋转。

美丽的幻梦，可爱的游戏，
是那样轻盈，调好纯粹的和音，
在你轻松的表面之下却深深地
闪烁着对黑夜、流血、野蛮的憧憬。

我们的生命，总是想逢场作戏，
在空虚中自由旋转，毫无勉强，
可是我们却暗暗地渴望实际，
渴望生育和诞生、痛苦和死亡。

肥皂泡

一位老人从他许多年的
研究和思考之中蒸馏他的
晚年著作，在纠结的藤蔓里，
他轻松地织进魅人的智慧。

在图书馆和档案馆里面，
一个勤奋的学生，满怀热情，
抱着雄心大志钻研，写他的
充满天才深度的青年作品。

一个少年独自坐着吹麦秆，
彩色的皂泡充满他的吹气，
鲜艳夺目，像在唱赞美诗，
他鼓起全部精神不断地吹。

老人、学生、少年，他们三人
从现世的幻泡之中创造出
美妙的梦，虽然微不足道，
其中却有永远的光，微笑着
认识自己而分外高兴地燃烧。

《反异教大全》① 读后感

　　　　　　从前，生活似乎更加真实，

　　　　　　世界更井然有序，精神更加明晰，

　　　　　　智慧和学问还没有分裂。

　　　　　　那些古人，生活得更轻松、更充实，

　　　　　　我们从柏拉图和中国人的著书里，

　　　　　　到处都读到有关的美妙的记事——

　　　　　　啊，每逢我们走进阿奎那的

　　　　　　论述极为精确的大全殿堂里，

　　　　　　我们就觉得有个圆熟的、美好的、

　　　　　　澄明的真理的世界从远处挥手致意：

　　　　　　那儿，一切都明亮，自然完全受精神支配，

　　　　　　人类由上帝创造出来，又回到上帝那里，

　　　　　　公布的法则和秩序都有美好的形式，

　　　　　　一切都圆满地形成整体，没有破裂。

————————

　　① 意大利的神学家和哲学家圣·托马斯·阿奎那（1225—1274）的著书。他在该书中从基督教的立场反驳异教——主要是伊斯兰教。

与此相反，我们这些后世之人，
却像注定要进行斗争，在荒漠中行军，
注定要去怀疑，去冷嘲热讽，
赋予我们的只有渴望和憧憬。

可是将来我们的子孙也会有后之视今
亦犹今之视昔的情况，他们会美化我们，
把我们看作幸福的智者，因为他们
从我们一生悲叹、混乱的合唱之中
只会听到和谐的余音，熄灭了的
困苦和斗争会被叙述得像美丽的童话。
在我们当中最不相信自己的人，
提出问题最多而持怀疑态度的人，
也许会使他的影响及于后世，
让青年人奉为楷模，受其教化；
现在为了怀疑自己而烦恼的人，
也许有一天受人羡慕，当他是幸福的人，
一个不知道什么困苦和恐惧的人，
生活在他那种时代而感到快乐的人，
他的幸福就像儿童的幸福一样的人。

因为在我们心中也有属于永远的精神的精神，
它把一切时代的精神称为兄弟：
超越今天而永生的是它，不是我和你。

在一次葬礼之后

1

潮湿的绳索摩擦在棺柩之旁，
我们凄然站在十一月的雨中
粘土质的草地上，茫然悲恸。
只有你已经不在，你已仓皇
离开我们和世界，胆怯的孩子，
在这世界上你从没找到正道。
我们站在你墓旁，满怀忧思，
我们来得太迟。你已经消逝了。

我们在草地上面伫立了很久，
好像还要对你尽一点赤诚，
好像不应该就这样互相分手，
好像害怕着会步你的后尘。

提契诺的村庄与教堂

水彩画　印度墨汁/1924/21.5×17cm

提契诺的村庄

水彩画　印度墨汁/1924/21.5×17cm

提契诺的风光

水彩画　印度墨汁/1933/31.8×36cm

提契诺的风光

手工造纸上的水彩画/1922/23.6×29.4cm

2

那一天夜间，在你出走以后，

当你绝望地在森林中前行，

对痛苦的死亡已抱定决心，

我们却没有入睡，避免担忧，

沉湎于安慰、理性、无力的希望，

那一天夜间，也许你从花园里，

从田野里，看到窗上的灯光，

知道你的家人不安地等着你，

可是你却不得不回你的地狱，

因为你该回何处？……你的道路

变得昏暗，充满恶意，充满

完全的绝望，你只等那声呼唤，

最后的大声呼唤，它使你奋勇

走出最后的一步，向前直冲……

那一天夜间，我怎么也不能入睡，

虽然不相信你会回到家里来，

可是也不愿想到你会死亡，

就这样患得患失地左思右想，

突然间，从黑暗之中，我看到你，

溜回到我的记忆的光亮中来，

我面前又站着一个小小的孩子，

默然不语，忧伤地把眼睛张开，

在责怪我，求我不要发脾气，
因为，比你大的我，打过了你……

在那个时刻，也许你还在黑夜里
迷途彷徨，也许你已经身死，
你使我感到自卑。哦，你对我这个
年长者、坚强者，多么耐心地忍受。
我多么轻率地犯了疏忽的罪愆，
当时和以后！就在几天之前，
你曾对我讲过你担心的事情，
我稍稍劝告你，看到你有点高兴，
还自感满意！我以前打过了你……
随后，我看到，你是多么痛苦，
我曾有好几次要决心跟你讲一讲，
尽管你觉得我比你幸福而坚强，
生活对于我，却常是痛苦和牢狱。
可是我没说，我没想让你信任，
我从未让你看到我的秘密，
我安慰、和蔼、劝人，却把自己的
种种烦恼隐藏着，不去示人。
因此，现在，你这个敏感的少年，
曾被我打过，感到愤慨的少年，
再也不听我们的安慰和解劝，
丢掉沉重的包袱，突然之间
投入死亡的怀抱。哦，从童年时代

直到今天，一切过失和懦怯
多令人伤痛！哦，现在，我的心
对它黑暗的深处看得多分明！

我们在墓旁，雨水从伞上滴下……
要是能再见你一次，坦坦率率地
向你承认，我们耽误了大事，
我们多爱你，我们会不惜代价。
我们狼狈地伫立着，心一直在跳，
真想把我们的过失随你埋掉，
我们盼望你回来，可爱的男孩，
却把你单独丢进另一个世界，
那世界对你太大，太黑暗，真令人
无限伤悲。我们现在要镇静，
最后，再回到那个世界，在那里
我们将把坟墓和你都忘记，
在苦难和一半幸福之间继续
走我们尘世上的贫乏的道路。
我们对自己和你，都感到负债，
你却躺下了，轻轻的微笑浮在
你的脸上，对我们的事再不想
知道什么，你逃避，已如愿以偿。
现在你可以静静地忍耐地安息，
看上去你是多么悠然而大悦！

3

从那时以后，我在好多时间里
重新发现了你的青春的优美，
想起你那温柔的少年的样子，
重新看到好多埋没的魅力。
我见你，在圣诞树下，还是个小孩，
俯向桌上的礼物，笑逐颜开，
湿润的眼睛，闪着美梦和愉快。
我见你，一个少年，跟我一同
欣赏那映在晨曦之下的雪峰，
初尝旅行的滋味，我又见到你
跟群孩玩耍，你自己又变成孩子，
仿佛新鲜的晨风，你的笑声
和歌声向我飘来，我又深信
你在勇敢地走去，冲破一切
忧虑和黑暗，保持内心的纯洁，
不像别人，若是处在跟你
相同的困境，很少能够自持。
你已摆脱我们的微弱的保护，
留下潮湿的土中的一座坟墓，
它守护着我的亲爱的兄弟。
谁想到，他死后，空间竟变得如此
空空旷旷！人们走出坟场，
多么孤独！任何人都会期望

给自己找个舒适的长眠的花园,

可是他不会想到: 往登彼岸。

中国诗

月光从乳白色的云缝之间
非常仔细地数着尖尖的竹影，
在水面上画出圆圆的明晰的、
像猫弓背的高拱桥的倒影。

这是我们深心喜爱的图画，
在世界和夜的无光的背景上
神秘地浮现，神秘地描了出来，
转眼间已消逝得不知去向。
在桑树下面陶然沉醉的诗人，
他善于运笔，就像他善饮一样，
他对着使他欣然感动的月夜，
写下飘动的影子和柔和的光。

他的迅速的笔势很快写出
月亮和云以及从他这位
陶醉者身旁飞逝的一切事物，
让他歌颂这些无常的事物，

让他体验这些亲切的事物，

让他给它们赋予精神和永续。

它们就会不朽而永远常住。

最后的玩玻璃珠游戏①的人

手拿着他的玩具，各色的珠子，

他弯腰坐着，四周是饱受瘟疫

和战争破坏的大地，一片常春藤

生长在废墟上，传来蜜蜂的嗡嗡声，

疲惫的和平唱着低沉的赞美诗，

响遍这寂然不动的衰迈的人世。

老人数着他的各样的珠子，

从这边抓起一蓝一白的珠子，

从那边挑选一大一小的珠子，

把它们串成一圈，供他游戏。

他从前是玩象征戏法的内行，

是许多技艺、许多语言的大师，

是个世界通，游历过世界各地，

他的大名直传到北极地方，

常有弟子和同行聚在他身旁。

---

① 《玻璃珠游戏》是黑塞的一部最重要的长篇小说。这种游戏是一种象征性的神秘的精神活动。

如今他孤苦伶仃，人老珠黄，

再没有学生来找他请他祝福，

也没有学士请他去参加辩论，

他们都散了，卡斯塔利亚①的殿宇，

图书和学校也不存在了。这老人

休憩在废墟上，手里拿着珠子，

连从前有许多含义的象形文字

现在也只剩各色的玻璃粒屑，

它们从这位高龄的老人手里

无声地滚落而在沙地里消逝……

---

① 《玻璃珠游戏》小说中描写的学者和艺术家的精神活动的王国。

购得《魔笛》的入场券有感①

就这样，我又可以再次听到你，
最喜爱的音乐！看明亮的教堂
举行圣仪，听教士们的合唱，
听笛子吹奏，是那样优雅嘹亮。

这多少年来，不知有多少次，
对这种演出，我感到无限欣喜，
每次都体会到新的奇迹，
新的誓愿悄悄地萌发在心里，

它把我联成你的连锁的一环，
参加太古联盟的东方朝圣者！
联盟在世间没一处是它的故乡，
可是总找到新的、秘密的追随者。

---

① 作于 1938 年 11 月。《魔笛》为莫扎特的歌剧。

塔米诺①，这次跟你再见，使我
暗暗不安，我这疲倦的耳朵，
这衰老的心，还能像从前似的
理解你们？童声啊，教士合唱啊，
我是否还会通过你们的考试？

幸福的英灵，你们永葆青春，
不受我们世界的地震的影响，
永远做我们的弟兄、向导和师长吧，
直到我们手里的火炬落到地上。

如果有一天你们的明朗的宿命
到了尽期，更无人认识你们，
就会有新兆在天界跟着你们，
因为众生都渴望获得新生命。

---

① 《魔笛》中的主人公。

吹笛

夜里，一座房子从树间
露出闪着微光的窗子，
在那边看不清的房间里，
站着一个吹笛人吹笛。

那是熟悉的古老的曲子，
那样亲切地飘向黑夜，
好像条条路都已走完，
好像到处都是乡里。

在他的吹气之中启示出
我们世界的秘密的意义，
心儿乐愿献出了自己，
一切时代都变成现实。

阶段

正像花都要枯萎、青春都要
让位于老年，一生的各个阶段，
各种智慧、各种德行，也都有
它的盛时，不能保持永远。
我们的心，对任何生活的召唤
都要准备告别过去，迎接
新的开始，以便勇敢愉快地
屈从于另外一种新的约束。
新的开头都具有一种魅力，
它保护我们，帮助我们活下去。
我们要欣然跨过一片片空间，
对任何地方，不当作故乡留恋，
世界精神不愿意束缚我们，
它要让我们一级级提高、扩展。
我们对某种境遇刚感到舒服，
过得安逸，就有松劲之虞，
只有准备出发启程的人
才能摆脱麻木不仁的习惯。

哪怕死亡的时刻会把我们

重新送往那些新的空间，

生活也不会停止向我们召唤……

好吧，心啊，告别吧，保持壮健！

1944 年至 1962 年

（六十七岁至八十五岁）

在布雷姆加腾①城堡里

古老的栗树从前是何人所栽?
石砌的水池曾有何人来就饮?
谁在装饰豪华的大厅里跳过舞?
他们都已经消逝得无踪无影。

我们今天来，日光照耀着我们，
那些可爱的鸟儿为我们唱歌;
我们围坐在餐桌和烛火四周，
我们向永恒的今天献上祭酒。

等我们离开世界，被人遗忘，
总还有乌鸫在那些高树上面
继续歌唱，还会有风声呼啸，
下面的河水还会拍击着岩岸。

当孔雀在黄昏时发出叫声，

---

①　瑞士阿尔高州的城市，位于罗伊斯河畔的半岛上。

在大厅里会坐着另一些来宾。

他们闲聊着，盛赞这里的美景，

挂着三角旗的船在河上航行，

永恒的今天对人们含笑相迎。

再见，世界夫人 ｜ 1944 年 4 月

世界已经分崩离析，
我们曾经多么爱她，
如今，死亡对于我们
已不再是那样可怕。

我们不该辱骂世界，
她是如此多彩而粗野，
在她那种形象的周围
依然飘着太古的魅力。

我们要以感谢之心，
从她的大赌博中走开；
她曾给我们欢乐和烦恼，
她曾给我们许多的爱。

再见，世界夫人，再把你
打扮得非常年轻艳丽，
你的幸福，你的悲泣，
已经使我们感到厌腻。

一九四四年十月

强烈地落着倾盆的大雨，
冲到大地上，如泣如诉，
不久前还很平静的湖，
现在涨起了满满的水，
溪河哗哗地向它流去。

我们曾度过快乐的良辰，
世界曾显得幸福万分，
这已是梦影。白发催人，
秋风萧瑟，我们经历着
战争之苦，满怀着厌恨。

过去的世界，喜气洋洋，
如今荒凉而黯淡无光；
透过落去树叶的枝网，
露出冬天的痛苦的死相，
逼人的黑夜降临到头上。

悲哀 │ 1944 年 11 月

昨天还很繁盛的，
今天已濒临死亡，
一朵朵花儿落下，
从那悲哀的树上。

我看到就像雪花
落到我的小路上，
长久的沉默临近，
再没有脚步声响。

天上看不到星星，
心中不再有爱情，
灰色的远方沉寂，
世界衰老而孤零。

谁能保卫他的心，
在这恶劣的时光？
花儿一朵朵落下，
从那悲哀的树上。

回忆

谁要是想到未来，
就有生活的意义和目的，
他就得做出行动和努力，
却不允许他休息。

至高的准则是：生活在
永恒的现实之中。
可是只有孩子和上帝
才获得这种恩宠。

过去，对于我们诗人，
你就是安慰和动力。
祛除和保卫乃是
我们诗人的天职。

枯萎者重新开花，
老迈者返老还童；
虔诚的回忆对诗人

非常崇敬地效忠。

深深地思念着
往昔和儿童时代，
怀念我们的母亲，
这就是我们的圣职。

1945 年 1 月

迎接和平 ｜ *为巴塞尔电台庆祝休战而作*

从仇恨之梦和杀气中

醒来，经历过战争的霹雳

和残杀的喧嚣还感到耳聋眼花，

习惯了一切的恐怖，

现在，疲倦的战士们，

放下他们的武器，

放下他们的可怕的日常工作。

"和平！"这个声音

像从神话和孩子的梦中传来。

"和平。"人们的心

还不敢欢跃，反觉得泪珠难忍。

我们可怜的人类，

能成为善人或恶人，

动物或神灵！痛苦和耻辱，

今天是怎样压倒了我们！

可是我们在希望。在胸中

满怀着爱的奇迹的

热烈的预感。

弟兄们！我们有了

回到精神和爱那里去的归路，

通往一切失去的

乐园的大门也为我们敞开。

要求吧！希望吧！爱吧！

世界又重新属于你们。

1945 年 10 月①

<hr />

①　1945 年是第二次世界大战结束的一年。是年 5 月 9 日，德国无条件投降。希特勒于 4 月 30 日在柏林自杀。8 月 6 日和 9 日，美国向广岛和长崎投掷原子弹；随后，日本亦宣布投降。

清醒不眠之夜

闷热的长夜灰溜溜窥人，
林中的月亮要落下去了。
是什么逼得我惴惴不安、
张开着眼睛向外面窥瞧？

我已经睡过，已经做过梦；
是什么在这午夜的时分
呼唤过我，使我如此不安，
仿佛耽误了重要的事情？

我最好出去，离开我的家，
走出了庭园、村庄和田野，
尾着呼唤声、那魔术语言，
不停地走向那大千世界。

写在沙上

凡是美的、迷人的，

都只是一阵微风和骤雨，

凡是可贵、可喜、可爱的，

都不能长久持续：

例如云、花、肥皂泡、

焰火、儿童的欢笑、

镜子里的妇女的美目

以及许多其它奇妙的事物，

这些，刚看到，就消逝无踪，

只能持续一会儿工夫，

只是香气和风的飘动，

唉，我们伤心地知道得很清楚。

而那些持久的、不变的，

我们并不认为是无价之宝：

例如闪着寒光的宝石、

光辉灿烂的沉重的金条；

就连那些数不清的星星，

总是那样遥远而陌生，

不像我们生涯短暂的世人，
它们照不进我们深深的内心。

不，我们最觉得美的、可爱的，
乃是面临着毁灭的东西，
它总要跟死亡接近，
而最宝贵的，是音乐之音，
它们刚刚发出，
就已经匆匆逝去，
它们只是吹拂、流动、驰驱，
周围飘着淡淡的哀愁，
因为，哪怕是一刹那工夫，
它们也不让自己暂住停留；
一个音接一个音，刚弹奏出来，
就已经消失、流去而不复存在。

因此，我们的心对易逝者、
对流动者、对生命
都显得忠诚而亲近，
但不爱固定者、永续者。
我们很快就会讨厌持久者，
讨厌岩石、星空和珠宝，
我们的心灵像风、像肥皂泡，
跟时间结合，没有持续性，
驱使我们永远变化不定，

对于它，玫瑰花瓣上的露珠，

一只鸟儿求爱的欢呼、

一朵云彩的消逝、

闪烁的雪光、虹霓、

已经飞掉的蝴蝶、

刚刚传向我们

就已过去了的笑声，

都能意味着欢欣

或者能使我们伤心。

我们喜爱跟我们相似的一切，

懂得风在沙上写下的字迹。

一根断枝的嘎吱声响 | 第三稿①

易于开裂的折断的树枝，

在树上已挂了一年又一年，

它迎风唱着嘎吱嘎吱的单调的歌，

没有叶子，没有树皮，

光秃，惨白，倦于

长久的生和长久的死。

它顽强坚韧地唱它的歌，

高傲地、怀着暗暗的忧愁，

又唱了一个夏天，

一个冬天之久。

---

① 作于 1962 年 8 月 8 日（初稿作于 8 月 1 日），为诗人绝笔之作。他在诗成之次日即溘然长逝。

1877 年（清代光绪三年）7 月 2 日生于德国符腾堡的小镇卡尔坞。父亲约翰尼斯·黑塞（1847—1916）是生在爱沙尼亚的德国人，他曾在印度传教三年，因病回国后，在卡尔坞担任赫尔曼·贡德尔特牧师的助手，从事新教出版工作，结识贡德尔特的女儿而结婚。这位牧师的女儿名玛丽（1842—1902），生于印度西南部，最初嫁给英国传教士艾森伯克，生过两个男孩。寡居后，于 1874 年再嫁给约翰尼斯·黑塞，当时，后夫年龄为 27 岁，玛丽 31 岁。1875 年生一女名阿黛勒，即诗人之姐。

1880 年（3 岁）
妹玛尔拉生。

1881 年（4 岁）
随父母移居瑞士巴塞尔。

1882 年（5 岁）
弟汉斯生。

1886 年（9 岁）
一家回卡尔坞。

1890 年（13 岁）
进格平根拉丁语学校。

1891 年（14 岁）
7 月：进毛尔布隆神学校，过着不愉快的寄宿生生活。

1892 年（15 岁）
3 月：逃出神学校。同年进巴特坎施塔特高等学校。

1893 年（16 岁）
从高等学校退学。在埃斯林根当书店店员，三日后又逃出。担任父亲的助手，借读书消磨忧郁的日子。

1894 年（17 岁）
6 月：在卡尔坞的佩罗特钟楼大钟工场当学徒工。

1895 年（18 岁）
跟姐姐学英语。10 月：在图宾根的赫肯豪尔书店当学徒。读书、写诗。结识医学生、诗人路德维希·芬克（1876—1964），终生保持友好。

1899 年（22 岁）
《浪漫之歌》由德累斯顿一家书店印行（自费出版），这部处女诗集收载诗人 18 岁至 21 岁之间的诗作。接着又由莱比锡一家书店出版《午夜后一小时》，包括图宾根时代的九篇散文习作，曾获得里尔克的好评。同年 7 月末离开赫肯豪尔书店。秋：在巴塞尔的莱希书店工作。

1901 年（24 岁）
第一次意大利旅行（佛罗伦萨、拉文纳、威尼斯）。小说《赫尔曼·劳歇尔》由莱希书店出版。

1902 年（25 岁）
4 月 24 日母逝世。《诗集》出版（卡尔·布塞编"新德国抒情诗人丛书集"第三册）。

1903 年（26 岁）
第二次意大利旅行。

1904 年（27 岁）
小说《彼得·卡门青特》由柏林费歇尔书店出版，一举成名。获包恩费尔德奖金。跟肖邦演奏家玛丽亚·贝尔奴依（1868—1963）结婚，她比诗人大九岁，是巴塞尔有名的数学家之女。9 月，隐居于博登湖与莱茵河之间的渔村加恩贺芬。

1905 年（28 岁）
长子布鲁诺（Bruno）诞生。

1906 年（29 岁）
小说《轮下》（Unterm Rad）由费歇尔书店出版。

1907 年（30 岁）
中篇小说集《此岸》。自本年起至 1913 年担任杂志《三月》编辑之一。

1908 年（31 岁）
中篇小说集《邻人》。

1909 年（32 岁）
次子哈伊纳生。

1910 年（33 岁）
音乐家小说《格特鲁德》（Gertrud）。

1911 年（34 岁）
诗集《中途》。第三子马丁出生。夏季：
经红海至锡兰、新加坡、南苏门答腊旅
行，年底回。

1912 年（35 岁）
在瑞士伯尔尼郊外，租住已故画家维尔提
（Albert Welti）的别墅。中篇小说集《弯
路》。

1913 年（36 岁）
《印度之旅》。

1914 年（37 岁）
画家小说《罗斯哈尔德》。7 月：第一次
世界大战爆发。在伯尔尼编辑慰问德国战
俘的报纸和图书。9 月：在新苏黎世报上
发表《朋友们，别唱这种调子!》，反对极
端的爱国主义，受到德国文坛和出版
界攻击。

1915 年（38 岁）
小说《克奴尔普》。散文集《路傍》。诗集
《孤独者的音乐》。8 月：罗曼·罗兰访问
黑塞。

1916 年（39 岁）
小说《青春是美好的》。父逝世。末子马

丁患重病。妻精神病恶化。深受神经衰弱
症之苦。在卢塞恩郊外宗玛特温泉疗养所
接受精神分析名医荣格的弟子朗克的治
疗。研究弗洛伊德。

1919 年（42 岁）
小说《德米安》发表。《童话》。《查拉图
斯特拉的复归》。与妻分手，移居卢加诺
湖畔的山上蒙塔纽拉。开始作画。

1920 年（43 岁）
诗、文、水彩画集《漂泊集》。诗与画集
《画家之诗》。小说《克林格佐尔的最后的
夏天》。

1921 年（44 岁）
《诗选》出版，选收初期至《漂泊集》中
的诗。

1922 年（45 岁）
印度故事小说《悉达多》。

1923 年（46 岁）
从本年起，因治疗坐骨神经痛及风湿病常
去苏黎世附近的巴登温泉度过晚秋。在那
里的维莱纳贺夫旅馆写出很多作品。加入
瑞士国籍。

1924 年（47 岁）

1 月 11 日在巴塞尔跟路特·文格尔结婚。

1925 年（48 岁）

小说《温泉疗养者》。出版荷尔德林及诺瓦利斯的《生活记录》各一册。

1926 年（48 岁）

《画卷》。进普鲁士艺术科学院。

1927 年（50 岁）

《纽伦堡旅行》、小说《荒原狼》。胡果·巴尔作《黑塞传》出版，纪念诗人 50 岁诞辰。巴尔于本年逝世，黑塞撰文《悼胡果·巴尔》。跟第二个妻子离婚。

1928 年（51 岁）

在慕尼黑访托马斯·曼。杂文集《观察》、《危机》。

1929 年（52 岁）

诗集《夜的安慰》，收载 1915 年以后的诗作。《世界文学文库》。

1930 年（53 岁）

小说《纳尔齐斯与歌尔德蒙》。退出普鲁士艺术科学院。

1931 年（54 岁）

8 月：跟尼侬·多尔宾结婚。迁入蒙塔纽拉近郊的新居。跟长姐合作《纪念我们的父亲》出版。

1932 年（55 岁）

小说《东方朝圣》。

1933 年（56 岁）

小说集《小世界》。是年希特勒上台，纳粹开始焚书、迫害犹太人。

1934 年（57 岁）

诗选《选自生命树》。小说《玻璃珠游戏》的开头一部《祈雨师》在《新评论》上发表。诗人之姐阿黛勒发刊母亲的日记和书信。

1935 年（58 岁）

《寓言集》。

1936 年（59 岁）

《院中的时间》，献给长姐阿黛勒 60 岁诞辰。获凯勒文学奖。弟汉斯自杀。

1937 年（60 岁）

《纪念册页》献给姐妹兄弟。《新诗集》，收载 1929 年以后的诗作。

1939 年（62 岁）

从本年至 1945 年黑塞不容于德国文坛。纳粹德国发动闪电战，吞并捷克，侵入波兰。

1941 年（64 岁）

黑塞作品在德国出版困难，由瑞士苏黎世一家出版社出版。

1942 年（65 岁）

《诗集》在瑞士出版，收载历年所作之诗。

1943 年（66 岁）

小说《玻璃珠游戏》二卷本出版（作于 1931 年至 1942 年）。

1945 年（68 岁）

诗集《花枝》，献给长姐阿黛勒。小说《贝尔托尔特》、《梦痕》。《对歌德的感谢》附《歌德诗抄》。

1946 年（69 岁）

评论集《战争与和平》，献给 1944 年逝世的罗曼·罗兰。获法兰克福的歌德奖。获诺贝尔奖。从本年起，黑塞作品在德国由祖尔康普（费歇尔出版社的后身）出版社出版。

1947 年（70 岁）

伯尔尼大学授予名誉博士称号。

1949 年（72 岁）

姐阿黛勒逝世。

1950 年（73 岁）

获威廉·拉贝奖。

1951 年（74 岁）

《晚年散文集》。《书简集》。

1952 年（75 岁）

为庆祝 75 岁生日出版《选集》六卷，由祖尔康普出版社出版。

1954 年（77 岁）

《黑塞与罗曼·罗兰通信集》。诗人之友、西德总统豪伊斯授予德国文化功勋勋章。

1955 年（78 岁）

获法兰克福德国书籍业的和平奖金。

1957 年（80 岁）

《选集》七卷。

1962 年（85 岁）

8 月 9 日因脑溢血逝世于蒙塔纽拉。

图书在版编目（CIP）数据

黑塞抒情诗选/(德)赫尔曼·黑塞著;钱春绮译. --上海:华东师范大学出版社，2016
（独角兽文库）

ISBN 978-7-5675-6038-3

Ⅰ.①黑… Ⅱ.①赫… ②钱… Ⅲ.①抒情诗－诗集－德国－现代 Ⅳ.①I516.25

中国版本图书馆CIP数据核字(2017)第005689号

黑塞抒情诗选

著　者　[德]赫尔曼·黑塞
译　者　钱春绮
特约编辑　陶　稀
项目编辑　陈　斌
审读编辑　许　静
装帧设计　慢书房　庄　品

出版发行　华东师范大学出版社
社　　址　上海市中山北路3663号　邮编　200062
网　　址　www.ecnupress.com.cn
电　　话　021-60821666　行政传真　021-62572105
客服电话　021-62865537
门　　市　（邮购）电话　021-62869887
地　　址　上海市中山北路3663号华东师范大学校内先锋路口
网　　址　http://hdsdcbs.tmall.com

印 刷 者　上海中华印刷有限公司
开　　本　889×1194　32开
印　　张　11.25
字　　数　142千字
版　　次　2017年5月第1版
印　　次　2023年9月第3次
书　　号　ISBN 978-7-5675-6038-3/I.1640
定　　价　78.00元（精装）

出 版 人　王　焰